編集者は艶夜に惑わす

水上ルイ

幻冬舎ルチル文庫

CONTENTS

✦目次✦

編集者は艶夜に惑わす

✦カバーデザイン＝久保宏夏（omochi.design）
✦ブックデザイン＝まるか工房

イラスト・街子マドカ✦

編集者は艶夜に惑わす

高柳慶介

「ちょっと待て！　どうして急に出て行くんだ？」

手際よく荷造りをしている彼の背中に向かって、私は叫ぶ。

ここは西麻布にある私のマンション。東京タワーを見渡せる大きな窓を持つベッドルーム。その絨毯《じゅうたん》の上に座って、一人の青年がトランクに服を詰め込んでいる。

彼の名前は羽田耀司《はねだようじ》。二十六歳。かなり名の知れた装丁デザイナー。才能があるだけでなく、美しい顔と色っぽい身体《からだ》をした美青年。私の自慢の恋人。

そして私の名前は高柳慶介《たかやなぎけいすけ》。日本では五本の指に入る大手出版社、省林社《しょうりんしゃ》の第一編集部の副編集長をしている。東大の文学部を出てこの会社に入り、たくさんの有名作家の担当をこなしてきた。ルックスにも家柄にも学歴にも、そして仕事にも自信がある。なのに……？

「この間、最愛のダーリンがいる、と言っていたじゃないか！　あれはもちろん私のことだったんだろう？」

私が信じられない気持ちで言うと、彼は振り返らないままあっさりと言う。

「違うけど？」

「なんだと？　じゃあ、おまえが言っているダーリンというのは……」

「あなたの知らない人。ずっと誘惑してて、やっと落ちたんだ。だから出て行くね」

トランクを持って立ち上がり、私に見とれるような麗しい笑顔を向ける。

「今まで居候させてくれて、どうもありがとう」

「あ、いや、どういたしまして……って、違う！」

私は、頭痛を覚えながら言う。

「一応私はおまえに『付き合ってくれ』と言った。おまえは、はい、と言ったはずだ」

「はい、とは言ってない。『試しに一緒に住んでみてもいいよ』って言っただけ」

「一緒に住んで、同じベッドに寝たら恋人だろう？　違うか？」

「たしかに同じベッドに寝てたけど、あなたは僕に一切手を出さなかった。セックスしないんじゃ、恋人どころか、お試し期間にもならないよ」

彼は笑みを浮かべたまま、私を真っ直《ます》ぐに見つめる。

「本当に好きなら、どうして僕に襲い掛からなかったの？　僕ってそんなに魅力ない？」

その言葉に、私はギクリとする。

「まさか。おまえは美人だし、とても色っぽい。だが、いざとなるとあの大城《おおしろ》の顔がチラついて、なかなかその気にならなかったというか……」

「ああ、やっぱりね」

彼は妙に納得したようにうなずいて、

「僕より、彼みたいな逞《たくま》しい男の方が好みなんでしょう」

「……はあっ？」

その言葉に私は本気で愕然《がくぜん》とする。彼はなんだか気の毒そうな顔になって、

「しかも自覚がないんだ。そんなんじゃ、いつまで経《た》っても恋なんかできないよ？」

その言葉に、悲惨な結末を迎えた数々の過去の恋愛が頭を駆け巡りそうになる。

……いや、今は昔のことを思い出している場合ではなくて……。

「自覚ならある。私はおまえを心から愛している」

私は姿勢を正し、彼を真っ直ぐに見つめる。できるだけ真剣な声を心がけながら、

「私達は運命の糸で結ばれている。行かないでくれ」

彼は驚いたように目を見開いて、私を見返す。

……ほら見ろ。私だって、やろうと思えば……。

「プッ」

彼がいきなり噴き出し、私は愕然とする。

「なぜ噴き出すんだ？」

「いや、だってさ」

彼は可笑《おか》しそうに笑いながら、

「どっかの小説から引っ張ってきたような台詞《せりふ》なんだもん。さすが編集者」

……新人賞の選考会が近くて、昨夜も遅くまで原稿読みをしていた。そのせいでどこかのラブストーリーの台詞が頭にこびりついていたかも……。

「いや、今のはちょっとベタだったかもしれないが……」

「ベタな台詞が悪いわけじゃないんだよ。それを言ってサマになるかどうかが問題で」

「なんだと？　それは聞き捨てならない。私のどこがサマになっていないというんだ？」

私は、思わずムキになってしまいながら言う。

「実家は日本でも有数の富豪、学歴は一流、大手出版社勤務、しかもこんなに非の打ち所のないハンサムだぞ」

「あなたが一流であることは認める。ものすごい美形であることも。でも、本当に自信のある男はね、自分のことをそんなふうには言わないんだよ」

彼は右手を上げて、私の首にそのしなやかな腕を回す。

「でも、そんなところも可愛《かわい》くて大好きだった。ちょっと残念だけど、さよなら」

彼の唇が、私の頬《ほお》に軽く触れる。そして踵《きびす》を返し、あっさりと部屋を出て行ってしまう。

……可愛くて、だと？

私は混乱しながら立ちすくみ、それからハッとして廊下を走り、部屋のドアを開けてマンションの廊下に出る。廊下の突き当たりのエレベーターのドアは、ちょうど閉まりかけたところだった。私に気づいた彼がにっこり笑って手を振り、その残像を残してエレベーターが閉まる。

……ああ、今度の恋もまた、情けない終わり方をしてしまった。

私は深いため息をつきながら思う。

……私は完璧《かんぺき》な男のはずだ。なのに、どうしていつもこんな恋愛しかできないのだろう？

彼が言った『自覚がないならいつまで経っても恋などできない』という言葉を思い出す。

……いったい何を自覚しろと言うんだ？

私は混乱したまま、一人取り残される。

五嶋雅春

『自分がどんなに冷たい男か、自覚していないんでしょう？』

呼び出されたホテルのラウンジ。そこで言われた言葉を思い出し、私はため息をつく。

『プライドを傷つけられるのはもう我慢できないの。さよなら』

彼女は、ほんの数時間前まで私の恋人だった。私は失恋したばかりということになる。

私の名前は五嶋雅春《ごとうまさはる》。二十九歳。東京藝術大学のデザイン科を出てミラノに移住し、大手のデザイン会社に就職した。入社三年目に書籍の装丁デザインで有名なインターナショナル・グラフィック・アワードの大賞を取り、それがきっかけでフリーになり、日本に戻ってきた。受賞の影響は予想以上に大きく、仕事のオファーは山のように舞い込んできた。その中からやりがいのありそうな依頼を選んで仕事をし、高額の報酬を得ている。仕事は楽しく、会社の経営は順調、パーティーで知り合った有名モデルと付き合い始め、私の人生のすべては順風満帆……のはずだった。

……まさか、あんなことを言われるとは。

私はマウスを操作し、製作途中のデザインを外部ハードディスクに保存する。

プログラムを閉じてPCの電源を切り、デザインデスクの上に置いてあったスターリングシルバーのシガレットケースとライターを引き寄せる。

……たしかに、恋人よりも仕事を優先させてきたかもしれない。だが一流の仕事ができるというのは、男としての最低条件のはずだ。

シガレットケースを開き、中から細身のシガーを取り出す。それを咥《くわ》えて火を点《つ》ける。

……彼女はとても美人だったが、私を試すように次々に我《わ》が儘《まま》を言い、私の行動を詮索《せんさく》し、意味もなく嫉妬《しっと》した。

三カ月前。料理もワインも不味《まず》く、とても退屈だったパーティーの後。最上階のバーで口直しをしているところに、いきなり彼女が現れた。パーティー会場で一目ぼれしてつけてきた、付き合って欲しい……そう言われ、たまたま恋人がいなかった私は、特に深く考えずにオーケーした。付き合った三カ月の間にあった楽しかったことを思い出そうとしながら、私は薫り高い煙を吸い込む。だが、彼女といる時に感じていた冷めた気持ちばかりを思い出し、私は煙と一緒にため息を吐き出す。

……楽しかった瞬間など、果たしてあったのだろうか？

私は思い……それから罪悪感を感じる。

……ひどい言い草だ。たしかに、私は冷たい人間かもしれないな。

思いながらデザインチェアを回し、壁一面に切られた窓の方に目をやる。高層階にあるこの部屋からは、夜の東京が広く見渡せる。すぐ近くにオブジェのようにそびえ立つのは東京タワーと六本木ヒルズ。遠くに煌《きら》めくのはレインボーブリッジとお台場の夜景。

……そういえば、彼女をこの部屋に招いたことは一度もなかった。

麻布にある四十二階建てのマンション。私の部屋は最上階を占領するペントハウスにある。このビル自体が私の持ち物で、祖父母が遺《のこ》してくれた莫大《ばくだい》な遺産の一部を使って建てたもの。設計は建築家として独立したばかりの藝大時代の友人に任せた。彼はアールデコ調のクラシカルな建物を得意としていて、手がけた建物はどれも優雅で品がある。最新の建築技術とクラシックな雰囲気《ふんいき》の融合したこの建物は、本当に素晴らしいものになったと思う。

彼女はこの建物に興味があったらしく（美術的な興味ではなくて資産価値としての興味だろう）、私の部屋にことあるごとに来たがった。だが……私はどうしても、この部屋に彼女を入れようという気になれなかった。

……私はもしかしたら、本当の恋など一度もしたことがないのかもしれない。

今までに数知れないほどしてきた、さまざまな恋を思い出す。しかし心はまったく動かないし、相手の女性の顔すらはっきりと思い出せない。

……一度でいい、激しい恋というものをしてみたい。

私は、とても冷たく硬質に見える東京の夜景を見下ろしながら思う。

……そうなったら、私はいったいどんなふうになるのだろう？

その時、デスクに置いてあった携帯電話が振動した。私は椅子《いす》を回し、手を伸ばしてそれを取る。液晶画面を見下ろすと、よく知っている名前とナンバーが表示されている。

彼は藝大時代の後輩で、羽田耀司。デザイン会社勤務を経て、今はフリーで書籍の装丁デザイナーをしている。まだ若いがかなり凝ったデザインをする男で、私も同業者として一目置いているのだが……。

……なんというタイミングだ。振られたと知られたら、ほらね、と笑われそうだ。

羽田はゲイで、恋人は男ばかりらしい。大学時代から『あなたも同類のはず。女性なんかと付き合ってどうするんですか』とからかわれていた。私を振ったばかりのあのモデルのことも、『品がない。彼女なんかに、あなたみたいな男はもったいない』と言っていた。

……まあ、振られたのは事実だ。笑われても仕方がない。

私は思いながら、通話ボタンをオンにする。

「……はい」

『こんばんは、お忙しいですか？』

羽田のいつでも明るい澄んだ声が、耳に心地いい。

「いや、仕事は一段楽したところだ」

『あの品のないモデルとは、もう別れました？』

あっさりした口調で聞かれて、私は怒るよりもまず苦笑してしまう。

「ああ、今日の午後にね」

『えっ、本当に？』

彼は驚いたように言い、それから何かを考えるような声で呟《つぶや》く。

『いいタイミングだなあ。そういう運命なのかなあ』

「なんの話だ？」

『いいえ、こちらの話です。それより一つお願いが』

あっけらかんとした口調で言われて、思わず苦笑してしまう。

「君はいつもそんなことばかりだな」

『あはは、そうですか？　いや、結構真面目《まじめ》なお願いなんですよ』

「一応言うだけ言ってみなさい」

『実は今、麻布ヒルズの前のムーンバックスにいるんです。彼氏と一緒です』

「彼氏？　ああ……」

私は前に聞いたことを思い出しながら、

「どこかの出版社に勤めているという、あの彼氏？　同棲《どうせい》していたんだっけ？」

『いいえ、その彼じゃないですよ。ともかく……お話があるので、出てきてくれませんか？』

「わかった。十五分で行く。また後で」

私は言い、電話を切る。そして彼の『運命かな？』という言葉を思い出す。

……いったい、何の話なのだろう？

高柳慶介

「失恋したことは気の毒だと思います」

麻布十番、深夜までやっているトラットリア。テーブルの向かい側で渋い顔をしているハンサムな男が、ため息をつきながら言う。

「しかし、どうして俺達が呼び出されなくてはいけないんですか？」

彼の名前は大城貴彦《たかひこ》。ダークスーツに身を包んだモデルのような美形だが、本業は作家。私の東大時代の先輩で、この間、『ヴェネツィア』という作品で猶木《なおき》賞を取ったばかり。付け加えれば、私を振ったばかりの羽田耀司とは従兄弟《いとこ》同士の関係だ。

「しかも、俺は雪哉《ゆきや》とデート中だったんです」

言いながら、隣に座った青年の肩に手を回す。

「雪哉がどうしてもと言うから一応来ましたが、できればすぐに帰りたい」

肩を引き寄せられた青年は、頬を染めながら言う。

「お、大城先生、そんな可哀想《かわいそう》なことを言ったらダメですよ。高柳副編集長は失恋したばかりで……」

彼は言いかけ、私の顔を見て気の毒そうな表情で言葉を切る。

「同情してくれるなら、身体で慰めてくれてもいいんだぞ」

「いえ、遠慮しておきます」

怯《おび》えたように言う彼は、私の部下で新米編集の小田《おだ》雪哉。茶色の髪と紅茶色の瞳《ひとみ》をしたかなりの美青年。入社したての頃はこの麗しい見た目のせいで『彼はゲイで、身体と顔で原稿を取ってくる』と陰口を叩《たた》かれたものだ。だが本当の彼はなかなか根性の据わった熱血な男で、文学を心から愛している。担当として長いスランプに陥っていた大城を立ち直らせ、さらに猶木賞まで取らせてしまったというかなりの逸材だ。まあ、彼が大城の恋人にまでなってしまうとは……さすがの私にも予想外だったのだが。

「でもあの……先生方はお忙しいですし、早めにお開きにしたほうが……」

小田はテーブルに座った面々を見渡し、怯えた顔で言う。

「こんなところで飲んでいたことが知られたら、各先生の担当達が卒倒します」

「っていうか……俺、明日が〆切なんですけど」

大城の男の隣に座っているごつい男が、ズブロッカのオンザロックを飲みながらやはりため息をつく。

「仮にも編集者であるあなたが、失恋したからと言って修羅場中の作家を呼び出すなんて」

彼の名前は草田克一《そうだかついち》。ごつい身体と陽に灼《や》けた顔。小説だけでなくノンフィクション系のコラムなどもヒットしている、やはり人気作家だ。

「何が修羅場ですか」

私は目を上げてチラリと彼を睨《にら》んでやる。

「あなたが一昨日と昨日、幸館《こうかん》社と修陽《しゅうよう》社のパーティーで遊んでいたという情報はきっちり入っています。その前は他社の仕事でモンゴル取材に行っていた。編集が同行したなら旅行先ではそっちの仕事をさせられていたでしょうし……あなたのペースなら、終わっているのはまだ二十五ページ。明日にでも〆切を延ばしてくれという電話をしてくるつもりだったでしょう」

「うっ」

草田が低く呻《うめ》く。どうやら図星だったようだ。

「草田さん、自業自得ですよ。仕事はコツコツやらないと」

言ったのは、端整な顔と穏やかな雰囲気をした男。彼は押野充《おしのみつる》。凝りまくったミステリーを書くやはり人気作家で、デビューしてから一度も〆切を破ったことがないという、この世界では三毛猫の雄くらい希少な存在だ。しかし、すべての点において凝りまくるせいで、何かが気になるとどんなに小さなことでも確かめずにはいられない。そのせいで海外にでもふらりと取材に出かけて行く。自腹で行ってくれるので文句を言う筋合いではないのだが……

いきなり音信不通になるので、担当編集は彼を捕まえるのに一苦労している。

「とはいえ、失恋したからと言って愚痴を聞かされるのは仕事の邪魔ではありますが」

「ええ〜、僕は嫌じゃないですよ、呼び出されるの」

楽しそうに言ったのは紅井《くれない》悠一《ゆういち》。若手ミステリー作家で、初投稿でいきなりデビューし、そのまま大人気のベストセラー作家になった。自分のペンネームと同じ名前の探偵が活躍する『名探偵・紅井悠一の事件簿』シリーズが大ヒットしてドラマのオファーもある。突然売れっ子になったせいか、世間知らずの怖いもの知らず。パーティーやテレビ番組などの現場で、気難しい高齢のミステリー作家と激しい議論を繰り広げたりするので担当者は気が気でないらしい。まあ、なかなか筋の通ったことを言うので、最後には相手の作家に妙に気に入られたりするのだが。

彼はテーブルに頬杖《ほおづえ》をつき、私の顔を下から覗《のぞ》き込むようにして、

「悩んでる男って、眉間《みけん》に皺《しわ》とか寄せちゃっててちょっとセクシーだし。高柳副編集長って、かなりのハンサムだしね」

「いつもなら嬉《うれ》しいですが、失恋したばかりではあまり心に響きません。特に……」

私は彼の顔をチラリと睨んでやりながら言う。

「先生の単行本の〆切のデッドが数日後に迫っている、この状況では」

「ええ〜？　本当にデッドなの？　もう少し延ばせますよね？」

彼は、マスコミ受けのとてもいい、やたらと可愛い笑みを浮かべて小首をかしげる。しかし私が何も言わずに睨むと、みるみる青くなる。

「うそ、本当にデッド？」

「ええ。まあ、私は担当ではないし、関係ないといえば関係ないんですが。減給されるのは私ではなくて担当ですしね」

「そ、そんな。〆切は五日後だよね？　それより遅れるとどうなるわけ？」

紅井は怯えたような顔になる。私は肩をすくめて、

「たいしたことはありませんよ。五日後までに原稿が出ない場合は、全国書店で企画されている『紅井悠一先生フェア』が中止、全国二十カ所で行われる『紅井探偵事件簿14』発売記念サイン会はすべてお流れ、先生が楽しみにされていたテレビドラマの企画の方も中止になるかもしれません。そうなったら担当の尾方《おがた》は、減給どころか首が飛ぶかなあ」

言って、にっこりと笑みを浮かべてやる。

「でも、そんなのは些細《ささい》なことです。何よりも、先生が納得のできる小説をお書きになることが一番ですから」

「ああ〜」

紅井は頭を抱え、それからおもむろに荷物を持って立ち上がる。

「僕、仕事場に戻る！　尾方さんに『〆切までに必ずいいものを仕上げるから心配するな』

って伝えておいて！」

飲んでいたジュース代をテーブルに置き、そのまま店を飛び出して行く。

「これから、五日間連続徹夜ですね。気の毒に」

押田が気の毒そうに言う。私はガラスの向こうに遠ざかっていく紅井の後ろ姿を見送り
……それからタバコに火を点ける。

「……まだまだちょろいなあ」

思わず呟くと、気の毒そうな顔でバーボンを飲んでいた草田が、グフ、と妙な音を立て、そのまま激しくむせる。

「ゴホゴホ……う、嘘《うそ》ですかっ？」

草田が言い、私はにっこり笑ってみせる。

「嘘ではありませんよ。『かもしれません』と言ったじゃないですか」

言うと、押野があきれた顔で深いため息をつく。

「いろいろな編集を知っていますが、やっぱり高柳さんが一番のサディストです」

「お言葉ですが」

私は肩をすくめて言ってやる。

「紅井先生は、この後も仕事がぎっしり詰まっています。今の仕事をきっちり終わらせないと、次がもっと厳しくなる。次が遅れれば、さらにもっと。そうやって追い詰められたら、

最後には身体を壊したり、書けなくなったりするかもしれない。そういう事態を防ぐのも編集の務めですから」

「え？　そんなことまで考えているんですか？」

「それって、ちょっと立派な気が……」

草田と押野が驚いた顔をする。私がうなずきかけた時、

「騙《だま》されるな。どうせストレス解消のために作家を苛《いじ》めたいだけだ」

大城が茶々を入れ、二人が脱力したようにため息をつく。

「しまった、信じそうになった」

「たしかに、真性サディストの高柳副編集長が、そんな優《やさ》しいことを考えているわけが……」

押野が言いかけ……ふいに言葉を切る。彼の視線は私の肩越し、後ろに流れている。

「どうしました？　誰かお知り合いでも……？」

私は彼の視線を追って振り返り、そしてそのまま硬直する。

「こんばんは、ここにいるんじゃないかと思ったんだ」

近づいて来たのは、ほっそりとした身体と見とれるような美しい顔をした青年。彼は羽田耀司。ほんの数時間前に私のマンションを出て行ったはずの、私の恋人だった男。

「おまえが我が儘なのは、昔からよく知っているが……」

耀司を見た大城が、あきれたような声で言う。

「せめて、振ったばかりの男が来そうな店は避けたらどうだ？　しかも……」

大城が、耀司の後ろにチラリと視線をやりながら言う。

「……もう、次の男連れか？」

「えっ？」

私は驚いて再び振り返り……そこにいた人物を見て、なぜか動けなくなる。

立っていたのは、黒いシャツと黒いスラックスを身に付けた、かなりの長身の男だった。

逞しい肩、厚い胸、引き締まったウエスト。

高い位置の腰と、見とれるような長い脚。

パリコレのキャットウオークを歩いても見劣りしないであろう、完璧なモデル体形。

形のいい額に落ちかかる、艶《つや》のある黒い髪。陽に灼けた滑らかな頬。

真っ直ぐに通った、高貴な感じの鼻梁《びりょう》。

どこか獰猛《どうもう》に見える、男っぽい唇。

男らしい眉《まゆ》、刻んだような奥二重、セクシーな長い睫毛《まつげ》と……宝石のような漆黒の瞳。

そして彼の全身を覆うのは、怖いほど迫力のある金色のオーラ。とんでもない才能を持つ人間が放つ、圧倒的な迫力。

編集者をしていると、作家を志すたくさんの人間と会う。その中には、ごく稀《まれ》に煌めく天

性のオーラを持つ人間が混ざっている。それを見抜いてデビューさせ、その才能に見合う素晴らしい作品を作らせるのは、編集者の大きな仕事。私は、人を見る目には自信があるつもりだ。

……天才としてのオーラを持つ作家に、私は日々囲まれて生きている。だが……これほど強いオーラを持つ人間には、なかなか出会うことはできない。

鼓動が、なぜか速くなるのを感じる。私の心の奥に、原初的な怯えと羨望《せんぼう》、そして嫉妬が入り混じったような複雑な感情が湧《わ》き上ってくる。

……彼のような男は、ほんの一言口をきくだけで、相手の心を奪ってしまう。こういう男には絶対に勝てない……。

私は、彫刻のように整った彼の顔から目が離せなくなる。彼もその瞳で私をみつめたまま動きを止めている。挑戦的な態度に、怒りがゆっくりと湧き上がる。

「これが……おまえの次の男か、耀司?」

私の唇から、かすれた声が漏《も》れた。耀司は、

「やだなあ。新しい男を見せびらかしになんか来ないよ。それほどイジワルじゃないし」

にっこり笑ってあっさりと言う。

「彼氏なら、ムーンバックスで待たせてる。だからあまり長居はできないんだよね」

大城が、じゅうぶんイジワルだろうが、とあきれた顔で呟く。耀司はクスクス笑いながら、

「ここ、いいかな？　あ、すみません、彼の分の椅子をもう一つ」

通りかかったギャルソンに椅子をセッティングさせ、私達のテーブルに勝手に座る。

「ゴトウさんも座ってください」

ゴトウと呼ばれた彼は私達をチラリと見渡す、なぜか私にしっかりと視線を固定して、

「失礼します」

低い、テノール歌手のような美声で言う。

……くそ、声まで美しいじゃないか。

「耀司、紹介してくれてもいいだろう。彼はいったい……」

言いかけた私の言葉を、耀司は手を上げてとめる。

「気になるだろうけど、彼の素性はちょっとだけ置いといて。……それより、明日から一カ月、仕事を休んでダーリンとハネムーンなんだ。来月〆切だった装丁デザインの仕事、一本キャンセルさせて欲しい」

「えええっ？」

小田が失神しそうな顔で、声を上げる。

「そんな……来月〆切っていったら……」

小田がかすれた声で言い、私は愕然とする。それから、

「大城の、猶木賞受賞後初の単行本じゃないか。読者からはとんでもない数のリクエストが

届いているし、書店からは矢の催促だし、マスコミから取材の依頼が殺到している。いつもはケチなことばかりを言うわが社の営業部でさえ桁《けた》外れの部数を考えている。おまえにとってもとんでもなくでかい仕事だぞ」

「まあね」

彼は肩をすくめて平然と言い、それからにっこり笑って、

「でも僕にとっては、ダーリンとのラヴが一番大切だから」

その言葉に、私は激しい眩暈《めまい》を覚える。

……彼はいつでも我が儘で、猫のようにマイペースだった。だが、まさか、これほどとは……。

「大城」

私はかすれた声を搾《しぼ》り出し、大城を振り返る。

「おまえの本の装丁だ。怒っていいぞ。何かガツンと言ってやれ」

大城は少し考えてから、肩をすくめる。

「そういう交渉に関しては俺はまったくの素人です。あなたにお任せしますよ」

「羽田さん、あの……」

小田が、思いつめたような顔で耀司を見上げる。震える声で、

「もしかして僕の仕事に至らない点があるのでしたら、すぐに直すように努力を……」

「だから、全然違うってば。それに、安心して」

耀司はくすくす笑いながら、小田の髪をフワフワと撫《な》でている。

「僕の交代要員として、彼を紹介しようと思って」

耀司は、隣に座った男を示す。

「彼は、僕の藝大時代の先輩で、五嶋雅春さん。グラフィックデザイナーだ」

「グラフィックデザイナーの……五嶋雅春……？」

私は、思わず椅子から腰を浮かせてしまいながら叫ぶ。

現代美術に興味のある人間で、五嶋雅春を知らない者はいないだろう。世界的な賞、インターナショナル・グラフィック・アワードを受賞したこともある有名デザイナーだ。しかも彼は最近は海外の本の装丁デザインも手がけていて、とても目を引く素晴らしい作品を生み出している。さらに、新人だろうが大御所だろうが、彼が装丁をした本はことごとく世界的な大ベストセラーになっている。『五嶋雅春』というデザイナーは、日本の出版業界ではすでに伝説の人だ。

……まさか、耀司がこんなすごいコネを持っているなんて。

五嶋は、表情を変えないまま私を見つめて言う。

「私の名前をご存じですか？」

「知らないわけがありません。……ああ、申し遅れました」

私は内ポケットから名刺入れを取り出して名刺を引き抜き、彼にそれを差し出す。

「省林社の高柳と申します。文芸部門の副編集長です」

「羽田から急に呼び出されただけなので……名刺を持っていないのですが」

五嶋が言い、私は慌ててうなずく。横目でチラリと見ると、小田が慌てて名刺入れをポケットから取り出したところだった。彼は慣れない手つきで名刺を差し出して、

「高柳の部下で小田と申します。あの……」

必死の顔で五嶋を見上げて、

「大城先生の新作『カナル・グランデ』、本当に素晴らしい作品なんです。ですから、装丁もそれに見合う素晴らしいものにして世に送り出したいんです。よろしくお願いします！」

今にも泣きそうな顔でぺこりと頭を下げる。五嶋はどこか困ったような顔で、

「後輩である羽田からの頼みで、大城くんとも前からの知り合いです。さらに省林社さんも困っているようだ。ですから依頼を請けたいのはやまやまですが、スケジュールが……」

「お願いします！」

耀司が言って、小田と並んで頭を下げる。五嶋は、仕方ないな、と呟いて深いため息をつき、私に視線を移す。

「とても急な仕事なので、もし請けるとしてもかなりの無理をすることになります。打ち合わせも早い方がいい。これからお時間は？　高柳さん」

……これは、今から接待しろということか。

「すぐに場所を変えましょう。お食事はお済みですか？　それとも女の子がいる店が……」

私は営業用の笑顔でにっこり笑ってみせるが……相手は表情を変えなかった。

「接待をしろと言っているのではありません。私の部屋でもいいですか、高柳さん？　すぐ近くなので」

……クソ、営業スマイルが通じない相手か。ともかく、なんとかしなくては。

五嶋と一緒に立ち上がる私を、耀司や作家達が見送っている。

……まったく。口説き落とせばいいんだろう、口説き落とせば！

五嶋雅春

「どうぞ、上がってください」

言いながら、私は思う。

……男を部屋に連れてきたりして、私はいったい何をしているんだろう？

……そして、この欲望はいったいなんなんだ？

羽田に無理やり連れて行かれた店。本当はなんとか断ろうと思っていたのだが……この高柳という男を一目見た瞬間、私はなにもかも忘れてしまった。私の中に湧き上がったのは、とても不思議な感情だった。苦しく、熱く、切なく……そして不思議と甘い。私の心は、今もその複雑な感情に支配されている。

「ここには客は呼ばないんです。……スリッパはないので、そのままで」

私は言いながら身を屈《かが》めて革靴の紐《ひも》を解《ほど》き、靴を脱いで廊下に上がる。

「お邪魔します。うわ、すごいな」

彼が、驚いたような、あきれたような声で言う。靴を脱いで上がりながら、

「有名デザイナーというのはこんなに儲《もう》かる商売なんですか？　それとももともとお金持ち？」

ずばずばと聞かれて、私はなぜか少し気が楽になる。

「マンションのことなら、祖父母の遺産があったので。装丁デザイナーは……それほど稼ぎが多いわけではありません。ご存じかとは思いますが」

私が付け加えると、彼はまた営業スマイルを浮かべて言う。

「他社に比べてうちは高額の報酬をお出しできると思います。……それも後ほど」

……そんな営業スマイルよりも……。

私は先に立って廊下を歩きながら思う。

……プライドの高そうな、さっきまでの顔の方がずっと素敵なのだが。

長い廊下を突っ切り、正面にある両開きのドアを開く。広いリビングの向こう側は一面ガラス張りになっていて、東京タワーの明かりがまるでこの部屋のために作られた美しい間接照明のように煌めいている。

「すごいな。まるで高級ホテルのラウンジみたいだ。個人宅だなんて信じられない」

彼が圧倒されたような声で呟く。

「何がいいですか？　コーヒー？　アルコールなら一通り揃《そろ》っていますが」

リビングの隅に設置されたバーカウンターを示すと、彼は興味深げにカウンターに歩み寄る。そして壁面に設置された棚に視線を走らせ、それからとても驚いたように目を丸くする。

「『ダンカンテイラーピアレス　ボウモア 1966』、『タリスカー』の三十年もの、『モストウイ 1975　レアレスト・オブ・ザ・レア』……とんでもないものを揃えていますね。モルト・ウイスキー、そうとう好きなようですね」

彼がすらすらとウイスキーの名前を言ったことに、私は驚いてしまう。

「あなたこそ、よくご存じだ」

「酒好きでね。今夜も作家達を呼び出して嫌がられていたところです。……あっ」

彼が、棚の隅に置いてある細長い木箱に目を留める。古びたそれには擦り切れたラベルが貼《は》られ、1965 の文字が焼き印されているだけだ。だが……。

「すごい。『マッカラン 1965　クリーム・シェリーカスク』ですね」

彼は言いながら好奇心の強い猫のように目を煌めかせている。

「取材に同行して英国に行った時、作家のご相伴に預かりました。『うちで出します』と言いながら値段を見て腰を抜かしかけました。円換算で一本二十五万円くらいだったかな」

思い出すように可笑しそうに笑って、

「その作家がまたとんでもなく贅沢《ぜいたく》で、取材旅行の領収書を通すのが大変でした。まあ……その本が芥山賞《あくたやま》を取ってくれたおかげで、なんとか上に叱《しか》られずにすみましたが」

彼はとても端麗な顔立ちをしているが、こんな表情を浮かべると、まるで少年のように見える。

私の心臓が、ズキン、とまた熱く痛んだ。

……ああ、いったいなんなんだ、これは……？

「編集さんというのは楽しそうな職業ですね」

私が言うと、彼は肩をすくめて、

「普段が重労働ですので、たまには楽しい思いでもしないとね」

平然とした口調に、思わず笑ってしまう。私はカウンターの中に入り、その箱を持ち上げる。

「これを知っていてくれた方がいたお祝いに。開けますか」

「ええっ？」

彼はとても驚いた声で言い、慌てたように後退《あとずさ》る。

「ああ、いや、申し訳ないです。私はただ、打ち合わせに来ただけですので」

言いながらも、視線は箱から離れていない。私は笑ってしまいながら、

「飲むのか、飲まないのか、どっちですか？　今夜はとことん飲みたい気分なので、どちらにしろ開けようと思います。……美味《おい》しいだろうな」

私が言うと、彼は、コクン、と唾《つば》を飲み込む。それから少し恥ずかしそうに視線をそらす。

「いや、その……それなら、もちろんいただきますが」

……まったく、こんなにハンサムなのに、やたらと可愛いな。

高柳慶介

「やばいなあ。本当に美味しい」

昨今感じたことのなかった心地いい酔いが、身体の隅々までをあたためている。喉《のど》を滑り降りるのは熱く芳《こうば》しい液体。とても滑らかな舌触り、焦がしたキャラメルや焼きリンゴ、さらにほかのフルーツのような芳醇な薫りが鼻腔《びこう》をくすぐり続けている。

「しかも……」

私はソファの背もたれに後頭部を預け、ずっしりと重いグラスを持った手を上げる。ダウンライトにグラスを向けて、下からウイスキーの深い色を透かして見る。

「……色までこんなに綺麗《きれい》だし」

「たしかに」

ソファの角を挟んで隣に座った男が、バカラのグラスを上げてウイスキーを眺めている。

「美しい、まさに琥珀《こはく》色の中の琥珀色だ」

低い美声が部屋の中に響き、なぜか私の鼓動がますます速くなる。

……ああ、酒には強いはずなのに……。

私は彼に視線を移しながら、思う。

……今夜の自分は、なんだかおかしい……。

彼は本当に非の打ち所のない容姿をしていて、その横顔も彫刻のように完璧だ。男っぽい美貌《びぼう》、逞しい身体、落ち着いた言動、深い声。

私は、ずっと完璧な男というものに憧《あこが》れていた。容姿もセンスも悪くないとは思うのだが……なぜか、どんなに努力してもどこか間抜けになってしまう。

彼が麗しいだけでなくとてもセクシーであることに気づいて、私はさらに鼓動を速くしてしまう。

彼は……ずっと憧れていたものを具現化したような男だ……。

グラスを見つめていた彼が、視線に気づいたかのようにいきなりこちらを振り返る。

「……あ……」

驚いた私の手が揺れ、グラスの中のウイスキーがパシャッと跳ねて……。

「うっ」

慌てて目を閉じた私の頬から唇の辺りに、冷たくて薫り高い液体が降ってくる。それは私の顔を濡《ぬ》らし、そのまま首筋を伝ってワイシャツの襟元に流れ込む。

「すみません、もったいないことをしてしまいました」

私は慌てて目を開け、ローテーブルにグラスを置く。

「珍しく酔っているのかも」

ネクタイを緩め、ワイシャツのボタンを外しながら、唇を濡らしたウイスキーを舐《な》める。

「すみません、何か拭《ふ》くものを……」

私は言いかけ、彼が私を真っ直ぐに見つめていることに気づいて言葉を切る。

……え……？

彼の漆黒の瞳の奥に、何かが煌めいたように見えた。それはまるで欲望のような……？

「たしかにもったいない」

彼は言いながら手に持っていた自分のグラスをローテーブルに置く。それから立ち上がり、いきなり私の両肩を摑《つか》んで身体をソファの背もたれに押し付ける。

「……え……？」

意味が解らずに呆然《ぼうぜん》とする私の上に、彼が身を屈めてくる。その一瞬後、首筋に、あたたかく濡れたものが触れてきた。

「……えっ？」

それが彼の唇であることに気づき……私は愕然とする。

……これはなんなんだ？　彼独特の冗談か……？

「……あ……っ！」

彼の唇が、私の首筋にそっとキスを繰り返す。

「肌であたためられて、ますます薫り高く感じる」

彼の囁《ささや》きが、肌をあたたかくくすぐる。

「美味しい」

唇を触れさせたまま囁かれて、足の指先から電流のようなものが走る。

「……ん……っ」

ヒク、と震えてしまったことに気づかれたのか、彼が小さく笑う。

「感じやすいんだな。首筋にキスをしただけで震えるんですか？」

「べ、別に感じやすくなんか……くっ」

本当に？　とでも言うように、彼の舌が耳たぶを舐め上げる。

「……やめ……っ」

「どうしてですか？　舐められると発情するから？」

「……ちが……っ」

私は必死で否定しようとするが、彼がまた顔を下ろしたことに気づいて唇を噛《か》む。でないと、また甘い声を出してしまいそうで……。

「……んんーっ！」

彼の唇は、首筋よりもさらに下、私の乳首に触れてきていた。乳首の先にキスをされ、舌でゆっくりと舐め上げられると、それだけで腰の辺りが蕩《とろ》けそうになる。

……ああ、どうしてだ……？

私は身体を貫く快感に驚きながら思う。

……男に舐められて……勃起《ぼっき》してしまうなんて……。

「……やめてください、そんなところは……っ！」

彼の唇が私の乳首にキスをする。そのままチュクッと吸い上げられて……。

「……あ……くうっ！」

いきなり全身にとんでもない快感が走り、目の前がスパークする。そして……。

「……あ、ああ……っ」

……嘘……だろう……？

屹立《きつりつ》が、ヒクヒクと震え、スラックスの下、下着の中にあたたかく濡れた感触が広がる。

……私は、男に乳首を舐められて……それだけでイってしまったのか……？

「どうしました？　まさか……」

彼が驚いたように言い、呆然とする私の脚の間の部分にいきなり手を当てる。キュッと屹立を握り込まれて、目の前が快感に白くなる。

「乳首を軽く吸っただけで、放ってしまったんですか？」

「……ちが……っ」

「そうでしょう？　中がヌルヌルしているのがわかりますよ」

彼は私の屹立を握り、ゆっくりと手を上下に動かす。

「……や、やめ……」

屹立がまたビクリと跳ね、私の先端から欲望の蜜《みつ》が絞り出される。

「感じると、とても色っぽいんだな」

彼が、私の耳に口を近づけて囁いてくる。

「ゲイではない私まで、欲情してしまう」

二人分のファスナーを下ろす軽い音がする。私の濡れた欲望が下着の中から引き出され、とても熱い物に押し付けられる。

……ああ、これは、まさか……？

「私もイキたくなりました。……握ってください」

耳元に響く、腰砕けになりそうなセクシーな声。私は操られるように手を上げ、鋼鉄の棒のように硬い、その欲望を握り締める。それは、かなり自信を持っていた自分の屹立よりも一回り逞しく、そして蕩けそうに熱く……。

……ああ、どうしよう……？

私は唾を飲み込んでしまいながら、彼への愛撫《あいぶ》を開始する。

……ストレートの男相手に、本気で発情しそうだ……。

五嶋雅春

シャワーを済ませた私は、脱衣室の洗濯機の扉を開け、すっかり乾いていた彼の衣類を中から取り出す。それを持って脱衣室から出て、ベッドルームに入る。バスローブ姿でソファに座っている彼は、私が来たことに気づかず、膝《ひざ》の上に置いた分厚い紙の束に視線を落としていた。

文字がぎっしりと印刷されたそれは、きっと小説か何かの原稿だろう。彼はタオルを持った左手で髪を拭きながら、真剣な顔で文字に視線を走らせている。

……こうして見ると……。

私は開いたままのドアのところに立ったまま、彼の横顔に見とれてしまう。

……本当に美しい男だな。

茶色がかった髪、整った顔立ち、ダンサーのようなしなやかな身体。

彼の長い指が、ゆっくりとページを捲《めく》る。あんなに悩ましく放ったばかりとはとても思えない、気高いその表情。それが……なぜか私の鼓動をまた速くさせる。

……ああ、本当にどうしたというのだろう?

私は自分で自分が理解できなくなりながら思う。

……私は女性と付き合ったことも何度もある。だからゲイのわけがない。なのに……。

私の屹立を不器用に愛撫した、あの手の動き。思い出すだけで、ゾクリと甘い戦慄《せんりつ》が走る。

……どうして彼には、こんなに欲情するんだ?

私は小さくため息をつき、部屋を一気に横切る。彼は私の存在に気づいたように顔を上げ、そして私を見つめてその滑らかな頰に血の気を上らせる。

「……あ……」

瞳の中に浮かんだ羞恥《しゅうち》の色が、私の劣情をますます搔《か》き立てる。

「すみません。洗濯させてしまって」

申し訳なさそうに言われて、手の中に洗濯物を持っていたことを思い出す。ざっと畳んで差し出すと、彼は膝の上に紙の束を置き、それを受け取る。

「へえ……こんな短時間で乾くんだ。最近の洗濯機はすごいな」

感心したように言う。彼の平然とした様子が、なぜか私の神経を逆撫でする。

「さっきまであんなに喘《あえ》いで、あんなに放ったばかりなのに……」

私は言いながら、彼の顔を見下ろす。

「何事もなかったかのようにもうお仕事ですか?　悪い人だな」

彼は驚いたような顔をし、それからさっきまで何をしていたのか鮮やかに思い出したかのように、恥ずかしげに瞬《まばた》きをする。私からふいに顔をそらして、

「たいしたことなど何もなかった。そうでしょう？」

平然とした彼の声に、動揺が滲《にじ》んでいる。

「たまたま二人とも失恋して、ちょうど寂しいところだった。恋人とうまくいっていなかったので、欲求不満もたまっていた。だから日頃の面倒なことを忘れ、欲望を発散するために体育会のノリでお互いの手でマスターベーションをした。……それだけです」

その言葉を聴いた私の中に、不思議な感情が湧き上がる。それは悔しさと、苦しみと、さらにもっと甘い感情までが入り混じったかのような……？

……いったいこの感情はなんなのだろう？　すべて彼が言ったとおりじゃないか。

……あれはもちろん、愛の行為などではなく、ただの欲望の発散だ。私にも彼にも特別な感情など少しもなかったはずで……？

思っただけで、なぜか心に何かが突き刺さったかのような痛みが走る。

……いったいどうしたというのだろう？

……この心の痛みは、いったいなんなのだろう？

「……ええと」

少しばつが悪そうに言いながら、彼はソファの脇《わき》にあった鞄《かばん》を持ち上げる。そこに社名入

りの封筒をしまいながら、

「着替えて、帰ります。打ち合わせと言いながら何も出来なかったな。明日にでもきちんとお電話で……」

「帰るのですか？　泊まっていけばいいのに」

私は思わず言い……自分が言ってしまったその言葉に、なぜかとても驚く。

……この部屋には人を泊めるどころか、他人を入れたことすらなかったのに。

「は？」

彼は驚いたように私の顔を見つめ、それから戸惑《とまど》ったような顔で、

「帰ります。服も乾いたし、ここにいる理由がない」

彼の言葉が、また私の心に棘《とげ》のように突き刺さる。その痛みが、怒りに変換されて私の中に膨れ上がる。

「私が依頼されたのは、とても急な仕事で……実はスケジュールの調整がとても大変だ」

私が言うと、彼は目を見開き、それから微《かす》かに申し訳なさそうな顔をする。

「それはもちろん、ご無理は重々承知しています。ですが、大城先生の猶木賞受賞後初めての本ということで、わが社も社運をかけている企画です。ぜひともあなたのお力をお借りしたい」

ここがオフィスででもあるかのような堅苦しい口調に、なぜかさらに怒りが膨れ上がる。

……さっきのことを、本当に『たいした意味はない』と思っているのか？

……なんだか、本当に憎らしい。

「返事をする前に……質問してもいいですか？」

私が言うと、彼は真面目な顔でうなずく。

「ええ。なんでもどうぞ」

「その依頼を請けたとしたら……私への連絡は、小田くんがすることになりますか？」

「ええ。小田は大城先生の担当ですし、一番作品のイメージを理解している。上がってきたラフは会議にかけ、私ももちろんチェックをしますが……今後は彼からご連絡を差し上げるかと」

彼の様子に、本当に大切な仕事なのだろうということが伝わってくる。大城くんの本は私も愛読しているし、とてもやりがいのある仕事になりそうな予感がする。たしかにスケジュールはタイトだが、私は完璧に仕事をこなすタイプだし、調整は不可能ではない。だから本当は、喜んで請けるべきところなのだが……。

……もしもここで普通に仕事を請けたとしたら、彼はこのまま平然と今までの生活に戻っていくだろう。

……私と二度と顔を合わせないために、さっきいた青年か誰かを担当として間に入れる。そして仕事がすべて終了した頃に『ありがとうございました。ご一緒できて光栄でした』などとしゃあしゃあと言うだろう。

「いくつか、条件を出していいでしょうか？」

私の言葉に、彼は即座にうなずく。

「なんなりと」

私は彼の顔を見返しながらしばらく考え、それから心に浮かんだある条件を口にする。

「この仕事が終わるまで、ここに住むこと」

「……は？」

彼は本気で驚いたかのように目を丸くする。それからとても怒った顔で私を睨み上げて、

「それはとても難しいです。小田には恋人がいて……」

「何か誤解があるようですが」

私は彼の言葉を手を上げて遮る。

「私が言ったのは、小田くんのことではありません」

「えっ？」

呆然とする彼を見つめて、私は言う。

「この仕事が終わるまで、あなたがこの部屋に私と一緒に住むんだ。それが仕事を請ける条件です」

彼は、整った顔に似合わない呆然とした顔で私を見つめてくる。

「私と？」

彼はいぶかしげな顔で呟き、とても不思議そうに、

「たとえば、一緒に住む相手が可愛い小田だとしたら目の保養にもなるでしょうが、私ではなんのメリットもありませんよ。まあ、チェックは早くできるかもしれませんが、どちらにしろ大きな仕事ですので会議にはかけないと……」

「メリットはあります。私にとっては大きなメリットだ」

「は？」

彼はさらにいぶかしげな顔になって、私を見つめる。額に落ちかかる濡れた髪、無造作に開いたバスローブの襟元が、やけに色っぽい。私の中で、また欲望が頭をもたげそうだ。

……自分がどんなに麗しいか、どんなに色っぽいか、まったく自覚がないらしい。

私はとても複雑な気分で思う。

……私がストレートだったからあそこで済んだようなものの、もしも危険なゲイだとしたら、今頃は無事ではすまなかっただろうに。

「さっきのあなたはとても素敵でした。今までにしたどんなセックスより興奮しました」

私が言うと、彼は大きく目を見開き、それからカアッと頬を赤くする。

「な、何を言ってるんですか？　あれはただの……」

「たしかにマスターベーションです。でも、あなたの喘ぎを聞きながら、あなたの手の中で

欲望を放つのは、とてもよかった」

わざと露骨な言葉で言ってやると、彼の頬がさらに赤くなる。女性にいかにもモテそうなとてもハンサムな顔をしているのに……こんな表情をすると、なぜかとても可愛く見えてしまう。

「あなたはどうでしたか？　よくなかった？」

間近に見つめながら言うと、彼は慌てたように私から目をそらして、

「そ、それは……」

「もちろんよかったですね？　あんなに先走りを垂らして、最後にはあんなに蜜を飛ばしたのですから」

私が言うと、彼はその時の感覚を思い出したかのように身体をビクリと震わせる。

「それはまあ、男ですから、あんなところを刺激されれば……」

「それなら文句はないでしょう。その代わり、あなたが使いたい時には遠慮なく使ってくださって構いませんよ」

右手を上げて見せると、彼は不思議そうな顔をする。

「……は？」

……とても美しく、世慣れたように見える。だが、たまに見せる意外な初心《うぶ》さが……なぜか心を揺らす。

……そして、もっともっと苛めてやりたくなる。

私は、棒状のものを握る時のように、右手を軽く握ってみせる。

「マスターベーションがしたくなった時には、いつでもお手伝いしますと言っています」

それを上下に動かしてやると、彼はやっと意味が解《わか》ったらしく、今にも失神しそうな顔で私から目をそらす。

「ハンサムで、金持ちで、いかにも上品そうなのに……」

慌てて私から目をそらしながら、かすれた声で悪態をつく。

「……なんて下品な奴」

その言葉に、私は思わず笑ってしまう。

「気を張らず、私にもその調子で思ったことをポンポン言っていいですよ。さっきまで、店で作家さん相手に悪態をつきまくっていたでしょう。聞こえていました」

「バレてましたか。もともと上品な人間ではないのでね。……あなたも普通にしゃべっていいですよ。どうせ同年代だろうし」

彼はため息をついて乱暴に髪をかき上げ、それから私を真っ直ぐに見つめる。

「この部屋で同居をする、マスターベーションしたい時に手伝う、ほかに条件は？」

「ああ……ほかには……」

「まだあるのか？　欲張りな人だな」

あきれたような声で彼が言い、私は笑ってしまう。

「そうだな、あと一つ。ここは広いので一応ゲスト用の部屋もあるが、家具は入れていない。ソファに寝るのは禁止。……私のベッドで一緒に寝てもらう。いい？」

彼は少しだけ黙り……それから覚悟を決めたようにうなずく。

「わかった。床やソファで寝て疲れが取れなかったら、次の日の仕事に影響が出る。ベッドなら多少狭くてもとりあえず眠れるだろう」

「欲情したらいつでも言っていい。それとも恥ずかしくて言えない？」

言うと、彼は頬を染め……それから強気な目で睨み上げてくる。

「まさか、子供じゃあるまいし」

言って唇の端に笑みを浮かべてみせる。

「抜いてもらえるなら、面倒がなくていい。仕事が忙しいので、次の恋人を探しにいくのも面倒だしね」

肩をすくめ、いかにも平気そうな声で、

「あなたも、したくなったらいつでもどうぞ。それが条件でもありますし」

「じゃあ、遠慮なく。毎晩のことになるかもしれないけれど」

言うと、彼は秀麗な眉を強く寄せて、

「本当に下品な奴」

……ああ、憎らしい顔をした時の彼は……本当に色っぽくてゾクゾクする。きちんと自制しないと、また発情してしまいそうだ。

私は思い……そして自分の気持ちが理解できずに混乱する。

……私はゲイではないはず。なのにどうして男の彼にこんなに欲情するのだろう？

高柳慶介

……なぜか調子が出ない。

副編集長席に座った私は、背もたれに背中を預けながらため息をつく。

……きっとあいつのせいだ。

彼とお互いの熱を冷ましあった後。私は彼に条件を出され、そのまま部屋に泊まった。

彼のキングサイズのベッドはとても寝心地がよく、私は熟睡してしまった。着替えを取りに戻るために早朝に携帯のアラームをセットしてあったのだが……彼はその時にはすでに起きていて、やたらと美味《うま》いコーヒーをいれて私に飲ませ、車で部屋まで送ってくれた。

『ディナーを用意しておく。仕事が終わったら電話をしてくれ』という彼の言葉を思い出し、さらに自分がその言葉に素直にうなずいてしまったことまで思い出し……なぜか頬が熱くなるのを感じる。

……なんなんだ、あれは？　まるで恋人同士のようじゃないか。

そう思い……それから良心がチクリと痛むのを感じる。

……あいつといると、今までの自分がどんなに気が利かなかったかを思い知らされる。

恋人だった耀司は夜型で、いつも早朝まで仕事をしていた。出勤する私は寝入りばなの彼に「行って来る」と言い、面倒くさそうに唸《うな》るだけの彼に腹を立てた。とはいえ、私も彼のためにディナーを用意するどころかコーヒーをいれてやったことすらなく、彼のために車を出してやったこともない（というか、必要性を感じないので免許すら持っていない）。食事はそれぞれ外食、部屋で飲む時にはグラスも出さずに缶からビール。しかもセックスをするどころか、マスターベーションも相手に隠れてこっそりと風呂場で済ませ……。

……考えてみれば……。

私は、またため息をつきながら思う。

……束縛されず、気楽で、しかし二人で歩む将来の展望もない。大人同士というより、まるで学生同士。恋人ではなく、ただのルームシェアの相手のような感覚だったな。

「あの……副編集長」

声に気づいて顔を上げると、デスクの向こうに怯えた顔の小田が立っていた。

「大丈夫ですか？　二日酔いとかでしたら、薬を持ってきますが」

「ああ？」

私が言うと、彼はさらに怯えた顔になり、

「いえ、ため息ばかりついてるし……あと、あの後どうなったのかなって」

ふいに視線を感じて見回すと、編集部の面々が妙に心配そうに私に注目している。私と目が合うと、慌てて目をそらす。

……これは、昨夜何かがあったことを、すでに全員が知っているな。

私は、耀司と一緒に住んでいることを隠していなかった。もちろんゲイの恋人同士だと公言しているわけではないので、同居人としてだが。

「小田から、すでに何か聞いていますよね？」

居心地悪げに座っている編集長の太田《おおた》氏を振り返り、私は聞いてみる。彼はギクリと身を震わせてから、苦笑を浮かべて、

「いや……午前中、君がミーティングルームで印刷所さんと打ち合わせをしている時に、羽田さんが来てね」

「耀司が？　なんて言ってました？」

私はその言葉に驚いてしまう。編集長は言う。

「彼は……自分の都合で、装丁デザインを引き受けられなくなってしまった。本当に申し訳ない。その代わり、五嶋雅春というデザイナーを副編集長に紹介した。副編集長は彼と一緒に消えたから、きっとうまく接待して話をまとめてくれているだろう……そう言っていましたよ」

……耀司め、私にはあんなにあっさり別れを告げたくせに、ほかの人々にはやけに丁寧に

挨拶《あいさつ》をして回っているようじゃないか。

小田が、緊張したような顔で私に近づいてくる。

「有名なデザイナーである五嶋雅春さんの装丁で、大城先生の記念すべき本が出たら、それはすごく素敵なことですよね。……で」

とても思いつめたような顔で私を見つめてくる。

「あのまま消えてしまったから、きっと遅くまで五嶋雅春さんを接待していたんですよね？話は盛り上がりましたか？　五嶋雅春さんからは、色よいお返事がもらえましたか？」

いつもオドオドしているのが嘘のように問い詰める。それだけ大城と、大城の本に夢中ということなのだろう。

「それは……」

ゴク、と誰かが唾を飲み込む音がする。見回すと、ほかの面々も、とても緊張した顔でこちらに注目している。私の頭の中を、昨夜起きたさまざまなことが駆け巡る。私にとって人生が変わってしまいそうなとんでもないことをし、さらに脅すようにして条件を飲まされ、とんでもない一夜だったのだが……もちろん、それに関しては一言も漏らすわけにはいかない。

「もちろん、彼は仕事を請けてくれた」

私が言うと、小田の顔にパアッと明るい笑みが浮かぶ。

「本当ですか？　すごいです！」

ほかの面々も、興奮した様子で立ち上がる。

「さすが副編集長！」

「うわあ、楽しみだなあ」

編集長も席を立ち、私のデスクまで歩いてきて、

「さすが、高柳くん。五嶋雅春さんは受賞しただけでなく、海外の大ベストセラーを何冊も手がけている大変なデザイナーさんです。あらゆる出版社がオファーをかけているはず。かく言ううちも、受賞後にオファーを出しましたが、スケジュールがいっぱいとのことであっさり断られてしまいました。その彼のスケジュールを、こんなギリギリの時期にもぎ取ってくるなんて」

編集長は私の右手を持ち上げ、ギュウギュウ握り締めながら、

「いい右腕を持って、私はなんて幸せなんでしょう。もしかしたらわが社から記録を塗り替えるようなとんでもない一作ができあがるかもしれないですねえ」

編集長は興奮したように言い、小田は感極まって涙ぐみ、ほかの面々たちは大ベストセラーが出た時の祝宴の話を早くも始めている。

「そうだといいですね。……ちょっと資料室に行ってきます」

私は言い、彼らを残して席を立つ。興奮している彼らの声を背中で聞きながらため息をつ

き、廊下に出る。

……なんだか、非常にプレッシャーを感じるのだが。

私は、あの男のとんでもなくハンサムな顔を思い出す。

……紳士的に見せているくせに、あの男は一癖も二癖もありそうだ。もしも怒らせたらとんでもないことになる気がする。

彼はフリーのデザイナーで、もしも後々の面倒を恐れないのなら突然依頼を断ることも自由だ。大城の次の本は誇張でなく社運をかけた大プロジェクトになるだろうし、その発売直前に表紙ができないなどということになったら、莫大な損失が出る。そうなったら、責任者である俺と担当である小田の首はあっさりと飛ぶだろう。温情でクビにならないにしても、私は二度目の左遷。次は陽の目の当たらない部署に異動させられ、もう二度と編集作業にはかかわれなくなる。

私は以前、やはり大城の本の件で左遷されたことがある。新人だった頃に部数を読み間違えて会社に損害を与え、それだけならまだしも当時の営業部長とぶつかってしまった。今の編集長が必死でかばってくれたおかげでクビにはならなかったが、文芸とはまったく関係のない雑誌の編集部に飛ばされ、不安と焦燥で眠れなかった日々を過ごしたことがある。あの頃のことを思い出し、怯えが背中を走るのを感じる。

……それに、小田は新人にもかかわらず、すでに頭角を現している優秀な編集者。彼の立場が悪くなるようなことをするのはあまりにもかわいそうだ。

私は思い、廊下を歩きながら深いため息をつく。

……結局、私はあの男の言うことを聞かなくてはいけないということか？

心の中に、複雑な気持ちが湧き上がる。

……なんだか、とても理不尽な気がするのだが……。

私は廊下を歩いて、フロアの一番奥にある資料室に入る。出版社だけあってここには貴重な資料も多く、警備も厳しい。規定の時間外は鍵《かぎ》が締められ、入れないことになっている。ドアを開くとそこは受付カウンターになっていて、その奥は広大な書棚が続く。受付で何を探しているのかを伝えて検索し、棚のナンバーを教えてもらわないと、とても探し出せずに遭難しそうになる。

「あ、高柳副編集長」

カウンターに座っていた小林《こばやし》が、私を見て頬をバラ色に染めている。彼は資料課の新人で社内でも有名な美青年だが、私の顔を見るといつもこういう反応をする。前にフロアの給湯室で「高柳副編集長って本当に格好いいよね」とほかの社員と話しているのを聞いたことがあるし、もしかしたら、私に気があるのかもしれない。

……耀司め、一応私はモテるんだぞ！　去年のバレンタインのチョコレートの数は社内一だったし、社内アンケートの『あなたが選ぶハンサムな社員』部門で連続一位を獲得している。惜しいことをしたな！

心の中で言いながら、カウンターに肘《ひじ》をかける。

「小林くん。ちょっと探したい物があるんだが」

身を乗り出して囁くと、彼がさらに頬を染める。

「あ……はい。なんでもおっしゃってください」

「デザイナーの五嶋雅春に関する資料が欲しい」

「えっ？　五嶋雅春、お好きなんですか？」

彼は驚いた顔で身を乗り出してきて、額がぶつかるかと思った私は慌てて身体を引く。

「装丁デザイナーとして素晴らしいだけでなく、写真家としても一流ですよね。実は、彼の個展にも行ったことがあるんです」

彼はうっとりした顔で宙を見つめて、

「写真集を買って、ちょうど来ていたご本人にサインをもらいました。映画スターみたいなとんでもないハンサムですよね」

その時のことを思い出すかのように胸に手を当て、ほう、とため息をつく。

「ああ……素敵だったなあ、五嶋雅春さん……」

私のことなど忘れ果てたような彼の様子に、私はムッとする。

……まあ、たしかにハンサムだったことだけは認めるが。

「で、資料は何処《どこ》に？」

私が言うと、彼はハッと我に返ったように瞬きをして、

「すみません、大ファンなもので」

慌てたように言って、手元のメモに棚のナンバーを書く。

「彼の作品のファイルの他に、装丁を手がけた本、そして写真集も置かれています。……ここに来れば見られるってわかってるけど、ついつい三冊も買って全部にサインをもらっちゃいました。ご迷惑だったかなあ？　でもあんまりハンサムだからそばで見たくて……」

言ってまた頬を染める彼を見て、私は内心ため息をつく。

……彼は私に気があるというよりは、ただミーハーなだけかもしれない。

彼が差し出したメモを受け取り、踵を返そうとすると、彼が慌てたように、

「あ、でもこの社内で一番のハンサムは高柳副編集長だと思います」

「ああ……それはありがとう」

私は脱力しながら言い、心の中で思う。

……気を使って情けをかけてくれなくても結構だよ。

林立する本棚の間を縫って歩き、彼が教えてくれた棚を探す。そしてたくさんのファイルの間に挟まれた見覚えのある数冊の本と、『五嶋雅春』と書かれたファイルを見つけ出す。

私はそれを棚から出して腕に抱え、椅子とテーブルのある読書スペースに移動する。調べ物

をする社員たちで賑わうことも多いそこは、今は誰もおらず、すべてのテーブルが空いている。私は窓際のテーブルに本を置き、見晴らしのいい椅子に腰掛ける。

……さて、仕事のすべてを見せてもらおうか。

思いながら、一番上に置いていた『魔法の石』という本を捲《めく》る。英国で発行されたこのファンタジー小説は、世界中で異例の大ヒットとなり、ハリウッドで映画化もされた。これが子供だけでなく大人にも受け入れられたのは、五嶋の美しい装丁デザインのおかげだとも言われている。五嶋はこれで有名なデザイン賞を受賞し、自分の名前も世に知らしめることになる。

五嶋のデザインの特徴は、写真を加工して不思議な世界を作り上げてしまうこと。この本の装丁も、彼が撮った写真をフォトショップを始めとするデザイン用のコンピューターソフトを使って加工されたものだ。濃紺からスカイブルーまでが入り混じった美しい模様は、実は氷河に空いた深いクレバスを覗き込んで撮影し、それを加工したものだと聞いたことがある。そこに踊るのは、まるで魔法の呪文《じゅもん》のように流麗な金色の文字。まるで最高級のラピスラズリのような配色は、子供に夢を与えるとともに、大人の心も不思議と揺らす。

海外版の本が翻訳される時には、その国のデザイナーが表紙をデザインしなおすことが多い。そのほうが、売れる傾向を国ごとに反映することができるからだ。しかしこの本の装丁のあまりの美しさに、全世界の出版社がこのままの装丁での発売を決めた。そしてこの本は世界的な大ベストセラーとなった。

この本が発売された数年前。英国に取材旅行をする作家に同行していた私は、あちらの書店で発売されたばかりのこれを見て、激しい衝撃を覚えた。すぐさまレジに走って買い求め、原文のまま貪《むさぼ》るように読んだ覚えがある。

本の内容は装丁の美しさに負けない素晴らしいもので、私は日本での翻訳の許可をもらうために、これを発行した英国の出版社に連絡を入れた。しかしその時にはすでに日本での出版が決まっていて、私はとても悔しい思いをした。いち早く翻訳を持ちかけたのは、わが社のライバルで因縁の深い凌学《りょうがく》出版。私は二重に悔しい思いをしたことを思い出す。

……あの時、いつかは五嶋雅春に仕事を頼みたい、と心から思った。

そう思って私はハッとする。

……そういえば、その話を耀司にしたことがあった。

耀司はその時、「五嶋雅春って藝大の先輩なんだよね」と軽い口調で言っていた気がする。五嶋のプロフィールを読んで知っていた私は、特に気にせずに「そうみたいだな」と返しただけだった。

……まさか、最後の最後で五嶋雅春を紹介してくれたのは、耀司の優しさだったのか？

ふと思うが、私は頭を振って否定する。

……いや、気まぐれで我が儘な耀司が、そんな可愛いことをしてくれるわけがないか。

私はため息をつき、手に持っていた本をテーブルに戻す。そして代わりに『五嶋雅春の世界』というタイトルのついた写真集に目を落とす。285×220mm の大判の写真集で、さすがに五嶋の作品だけあってスタイリッシュな装丁だ。荒く加工した廃屋の写真をモノクロで印刷した表紙の上に、暗い銀で同じ写真が印刷されたアクリル製のカバーがかかっている。不思議と立体的に見えるのは、銀の部分をかすれさせ、版を僅《わず》かにずらしているからだろう。もっとよく見ようと持ち上げた私は、カバーが水で濡れてしまったかのように見えて驚く。

……テーブルが濡れていたのか？

慌ててテーブルを擦《こす》り……そしてそれが思い違いであることに気づく。

写真集を指先で撫でてみると、アクリルのカバーの上に、広がった水滴のような模様の透明のエナメルの加工がされている。

……さすが個人の作品集。金に糸目をつけていないな。

裏表紙を見ると、発行はやはり高額の本を出すことで有名な美術出版社。値段は四千五百円。しかし取次店の売り上げ上位ランキングに載っていたのを見たことがあるので、熱心なファンがたくさんいるということだろう。

私は写真集を捲り、そしてその世界の幻想性と芸術性に目を奪われる。

彼の撮る写真はどこか昏《くら》く、現実離れして、そして本当に美しい。写真の腕と加工のセンス、そして人並みはずれた才能がある彼ならではの作品ばかりだ。写真集の中には、彼のヒット作となったいくつかの本の表紙に使われた写真もあり、そこには装丁に関する丁寧な解説が書かれていた。加工や紙の選択にもこだわりが見え、彼が写真家ではなく、デザイナーであることを自覚しているのが伝わってきて、私は胸が熱くなるのを感じる。

……これほどの才能を持つ人間と仕事ができるんだ。私はとても幸運な人間だ。

私はホッとため息をつきながら、写真集を閉じる。それから、ふと肩にとんでもないプレッシャーがのしかかっているのを感じる。

……猶木賞作家の受賞後第一作、大城の素晴らしい原稿、そして装丁デザイナーの五嶋。これだけの駒《こま》が揃っていて失敗は絶対に許されない。

◆

「ああ、高柳先輩！　ちょうどよかった！」

本を棚に戻し、資料室から出た私は、いきなり声をかけられて顔を上げる。エレベーターから降りてきたのは、大学の二年後輩、藤巻政則《ふじまきまさのり》。熱血な性格を買われて今は営業一課でバリバリ働いているが、大学時代は編集志望だった。オタクと言ってもいいくらいのとんでもない本好きで、二年ほど前から省林社新人賞に送られてくる投稿原稿の下読みの仕事も頼んでいる。

「おお、藤巻。張り切って『たくさん任せてください』とか言うから、編集長からとんでもない数の下読みを任されたって？　バカだなあ」

　私が言うと、藤巻は照れたように笑い、

「だって俺、昔は編集志望でしたからね。それに、新人編集の小田くんに『藤巻さんって素晴らしい読解力をお持ちですよね。聞かせていただく感想とか、すごくわかりやすいし』な～んて言われちゃったから、いいところを見せたくて、つい」

「さすがはうちの小田。ボーッとしているが、人をおだてるのだけはお手の物だな」

「ええっ？　おだてられただけなんですかあ？　あんな可愛い子に褒められて、かなり嬉《うれ》しかったんですけど」

　小田のファンらしい藤巻は、がっくりと肩を落とす。それから急に立ち直って、

「いや、下読みがきっかけで、もっと親しくなれるかもしれないし。俺、小田くんくらいの美青年なら、男でもいいと思ってるんです」

　拳《こぶし》を握り締め、能天気なことを言う。

　……小田はとっくに他人のものだがな。

　私は思うが……藤巻のおかげでかなり助かっているので口にはしないでおく。

　新人賞には毎年千件を超える応募があるので、編集部員だけではとてもすべてを読みきることはできない。そのために信頼できるスタッフ数名に頼んで、下読みと呼ばれる第一次審

査にあたる作業を任せる。彼らはそこで応募要項をまったく無視したものや、小説として成り立っていないレベルのものをチェックしてくれる。応募者への礼儀として編集部員もすべてに目は通すのだが……やはり下読みの彼らがいないときめ細かいチェックをすることは難しい。彼らの意見がすべてではもちろんないが、読み終わった後の感想、そして自分が作品として気に入ったのはどれか、という意見を聞かせてもらうのは参考になる。その中でも藤巻の審美眼は鋭く、彼が薦めてくれたものは、デビューさせるに値するレベルに達している。

「ああ……私はタバコを吸いたいんだが。まだ用事あるか？」

私が言うと、藤巻は勢いよくうなずいて、

「すごいものを見つけたんです！　まずは高柳先輩にお知らせしなきゃって！」

「おまえの『すごいもの』はいつも妙なものばかりだからなあ」

私はため息をつき、先に立って廊下を歩きだす。

「とりあえず付いて来い。喫煙室でなら話を聞いてやる。煙たいと文句を言うなよ」

「もう慣れてます。先輩にタバコの煙を吹き付けられるのも、パシリに使われるのも」

「いい心がけだ。私の教育がよかったんだな」

私が言うと、藤巻は可笑しそうに笑いながら、

「先輩は本当に相変わらず女王様気質なんだから。……っていうか！」

急に真面目な顔になって、

「今回の『すごいもの』は本当にすごいですよ！　期待していてくださいね！」

いやに自信ありげだな。

このフロアの休憩室は二方向がガラス張りになった広いスペースで、眼下に神楽坂の街を見下ろせる。少し離れたところに煌めくのは神田川の水面《みなも》だ。イームズの椅子とテーブルで揃えた空間はかなりお洒落《しゃれ》で、社員の休憩だけでなく、漫画家や小説家との打ち合わせにも使われる。今も隅のテーブルでは漫画系雑誌の編集が、ベテランの女性漫画家と向かい合って談笑している。社外秘のミーティングや深刻な話がある場合は防音設備のある別室の会議室が使われるので、ここにいるということは通常の打ち合わせということ。ほかの社員も気を使わずにリラックスして休憩を取っている。

ここはシアトル系のコーヒーショップと契約を結んでいて、カウンターの向こうに注文をすると本格的なコーヒーを飲むことができる。私達は部屋を横切ってカウンターに向かい、私はエスプレッソ、藤巻はアイスのカフェ・モカを頼む。

「昔からそうだったが……おまえ、よくそんな甘ったるいものが飲めるな」

カウンターに出てきた生クリームたっぷりのカフェ・モカを見て、私は思わず眉をひそめる。グラスに入っているのは、ココアとコーヒーをブレンドした甘い飲み物。さらに上に生クリームをたっぷりと盛り上げ、細く垂らしたキャラメルソースで飾りつけがしてある。ピンクのストローとピンクのロングスプーンが刺さっているところが……とても男の飲み物とは思えない。

「めちゃくちゃ美味しそうじゃないですか。俺が甘党だって知ってるでしょう？　しかも、頭を使うと糖分が必要になるんです」

「おまえが頭を使うことがあるのか？　っていうか、その頭蓋骨《ずがいこつ》の中に脳が入ってるのかすら疑問だ」

チラリと横目で見ながら言うと、藤巻は苦笑して、

「胡桃《くるみ》くらいの大きさですけど一応入ってます……って、本当に意地悪ばっかり言うんだから。まあ、大学時代からずっとだから慣れましたけど。それどころかクセになってます」

「苛められると嬉しいんだろう、このドMが」

「あははは、自分でもそんな気がします」

藤巻は笑いながら持っていた書類鞄を脇の下に挟み、自分のアイス・カフェ・モカのグラスと、私のエスプレッソのカップを持って喫煙スペースに向かう。この休憩室の喫煙スペースは、部屋の一角をガラスで仕切った場所だ。藤巻は肩でガラスの扉を開いて、私を先に入れてくれる。ひと気のない喫煙スペース、一番窓際のテーブルに、藤巻はグラスとカップを置く。

「大学時代、高柳先輩は、大城先輩と並んで高嶺《たかね》のプリンスと言われてましたからねえ。大学のカフェでご一緒する時には女子生徒の羨望のまなざしが背中に痛かったなあ」

彼はガラスの向こうの休憩室のほうを見渡して、

「いや、今でも女性社員たちの羨望のまなざしが痛いですけど」

チラリと振り返ると、頬を染めながら目をそらす女性社員がたくさんいることに気づく。

「ハンサムな私が注目を浴びるのは当然だ。というか、大城と並べるな」

私が言うと、彼は楽しそうに笑って、

「高柳先輩は、省林社の文芸部の副編集長、そして大城先輩はなんと猶木賞まで取った大ベストセラー作家。文芸部の後輩としても鼻が高いですよ。そういえば」

彼はテーブルの上に身を乗り出して、

「大城先輩の次回作『カナル・グランデ』、原稿が上がったんですよね？　営業部にはもともと大城先輩のファンがたくさんいるうえに、前作の『ヴェネツィア』が本当に素晴らしかったから……一刻も早く読みたいと言って、営業部は大騒ぎです」

「いちおう上がっているが、装丁デザインと平行してギリギリまで手を入れたいそうだ。……かなりすごいぞ。営業は覚悟しておけよ」

私が言うと、大学時代から大城の大ファンだった藤巻は目をキラキラさせながら、

「うわあ、本当に楽しみです。全社上げての大キャンペーンになるので、俺も参加させていただきます。楽しみだなあ」

その言葉に、私は内心ため息をつく。

……今、五嶋が気まぐれを起こして断ってきたとしたら、本当に大変なことになる。

脳裏に、耀司の晴れやかな笑顔がよぎる。

……まったく。恨むぞ、耀司。

「……っていうか、おまえの言っていた『すごいこと』というのはそれか？」

私は言いながら、内ポケットからタバコとライターを取り出す。タバコを一本咥えて火を点けながら、

「おまえが大城の大ファンなのはずっと前から知っている。今さらなのだが？」

「ああ、そうでした！」

生クリームをスプーンですくっていた藤巻が、思い出したように言う。スプーンをグラスに刺し、隣の椅子に置いてあった鞄を取る。

「『すごいこと』というのは、新人賞に関係した話です」

「いったいなんだ？　既存の人気小説とプロットもキャラも丸かぶり、だの、読みきり作品という応募要項を無視して『後編につづく』で終わっているものだの……そういうのは、もう全然珍しくないぞ」

フーッと煙をわざと吹き付けてやると、藤巻は煙たそうに目を閉じる。それから慌てて目を開いて、

「そ、そんなの俺も見飽きてますよ。そうじゃなくて！」

彼は鞄の中から省林社のマークのある大きな封筒を取り出し、テーブルの上に置く。そこから、宅配便のシールが貼られ、色も形もさまざまで分厚く膨らんだ封筒をいくつか引き出す。彼が下読みをするために持ち帰っていた新人賞の応募原稿だろう。

「ええと……これこれ！」

藤巻は一通を選び、ほかのものを再び封筒に戻す。

「これなんですけど」

私はタバコの灰を飛ばさないように気をつけながら、藤巻が差し出したその封筒を見下ろす。ごく普通の白い封筒、ごく普通の白のガムテープ。宅配便のシールはきっちりと真ん中に貼られ、書かれている文字はわずかに癖があるが丁寧で美しい。

「ふうん？」

私は灰皿にタバコを置き、封筒を受け取って紙の束を取り出し、目の前で眺める。右肩を黒い紐で綴《と》じられたそれには少しだけ厚い紙で表紙がつけられていて、『恋』という文字とペンネームがシンプルに印字されている。

「……柚木《ゆずき》つかさ。女性？　覚えがないから常連ではないな。初投稿？」

私は呟き、封筒の中に入っている応募用紙を取り出そうとする。藤巻が、

「男性、二十一歳、柚木つかさは本名。中野区在住の大学生、初投稿です」

「なんで覚えているんだ？　そんなに興味深かったか？」

私は言いながら応募要項を取り出し、藤巻の言ったとおりであることをたしかめる。応募要項の書類の字はやはり丁寧。シンプルに書かれたプロフィールは、自己主張の激しい投稿者が多い中では、逆に目立つし好感が持てる。

「興味深いって言うか、すごいです」

藤巻は興奮したように言い、にやりと笑う。

「ともかく、読んでみてください」

「まあ、どちらにしろ読むが……」

私は言いながら、表紙を捲る。微かに生成り色をした上質紙、規定どおりのフォントで読みやすく印字された文字。

……なんというか……普通で、美しい。

私は微かな心の揺れを感じながら、その原稿に目を落とす。

なにがなんでも目立ちたい、なんとかしてデビューだけでもしたい、と思うのか、新人賞の応募原稿はいやに力の入ったものが多い。派手な色合いの封筒に入っていたり、それがキャラクターモノのテープでぐるぐる巻きにされていたり。原稿自体も、応募要項を無視してわざと極小の文字で印字してあったり、中にはパステルカラーの紙にパステルカラーの文字で印刷してあるものまである。そういうものは一ページ読むだけで頭痛がしてきて、選考委員泣かせと言われることになる。

「とりあえず、休憩の後にでも……」

私は言いながら、一行目を読んでしまう。

……え……？

時間がないのでここまでにしておこうと思うのに、そのまま止まらなくなる。

……なんなんだ、これは……？

その文章は平易だが、素直で気取りがなく、まるでサラサラと流れる水のように読みやすかった。キャラクター達は派手ではないが魅力的で、台詞の一つ一つが、作者の透き通った感性を表しているかのように美しい。

……ああ……。

物語に引き込まれる直前、私は大城の作品を初めて読んだ時のことを思い出していた。あの幸福感、あの陶酔、そしてとんでもない才能を見出《みいだ》したのではないかという心の震え。

……私は、とんでもない作家に、また出会ってしまったのかもしれない……。

◆

「あの……没頭してるところすみませんが、俺、そろそろ営業部に戻らないと」

いきなり響いた声に、私はハッと我に帰る。

「あ〜、待っている間にカフェ・モカ二杯も飲んじゃいましたよ。おなかゴボゴボ」

テーブルの上には空になったグラスが二つ。さっきまで湯気を立てていたはずのエスプレッソは冷え、一口吸っただけのタバコが灰皿の中で灰になっている。時計を見上げると、知らない間に一時間以上の時間が過ぎていた。物語の世界と現実のギャップに、微かな眩暈を覚える。その投稿作の世界観はそれほどに煌めいていて……。

私はため息をつきながら、前髪をかき上げる。

「おまえが言っていた意味がわかった。これはすごいな」

「でしょ、でしょ？　終わり方は言えませんけど、最後までどのキャラも本当に魅力的でした。特に主人公が可愛くて、健気で……俺、今から続編が楽しみで……！」

藤巻は言い、それから突然頭を抱える。

「……ああ、でもそれってプロの作品じゃないんですよね。もし彼がデビューできなかったら、次回作も読めないってことで……嘘だっ！」

藤巻は髪をかきむしりながら言い、はあはあと息を荒くしながら、

「俺はなんとしても続編を読みます！　もしかしたらホームページがあって、ほかの作品もアップされているかもしれないし……ああ、すぐに検索してみなくちゃ！」

一人で叫び、鞄を持って立ち上がる。社名入りの封筒をテーブルから持ち上げて、

「ほかの応募作品は、編集部のデスクに置いておきます。まずはそれを読んでください」

「わかった。言われなくても読む。……編集部に寄ったら、小田に、何か用事があったらここに呼びに来いと言っておいてくれ。もう少し読んでから戻るから」

私は、早く続きを読みたいという衝動と戦いながら言う。藤巻は嬉しそうに、

「やっぱりいいですよね、それ。……ええと、エスプレッソ冷えちゃいましたよね。新しく買ってきます？」

「いいから、さっさと行け」

「わかりました。失礼します！」

藤巻は言って、空になったグラスを持って、走るようにして喫煙スペースを出て行く。私は原稿に目を落としながら、陶然とため息をつく。

……私は今、とんでもない才能と向き合っているのかもしれない。

鼓動が、除々に速くなってくる。

……これが、編集の幸せというものだろうか？

五嶋雅春

彼から電話がかかって来たのは、もうすぐ会社の終業、という時間だった。

『高柳だ。……残業をせずに帰れそうだが、そっちの仕事は？』

「君からもらった大城くんの新作の原稿……『カナル・グランデ』を、読んでいるところだ。さすが猶木賞受賞作の続編だけある。なかなかすごいな」

『だろう？　まあ、私がいる編集部で、くだらないものは出版するわけがないけれど』

得意げな声が、なんだかとても微笑《ほほえ》ましい。

「たしかに省林社で出版される作品のレベルはとても高いな。……ところで、今、気分転換がてら麻布ヒルズ前のムーンバックスに来ている。そこで仕事をしているので、帰りに寄ってくれないか？」

『わかった、また後で』

そう言って、あっさりと通話が切れる。よく響く美しい声の余韻が、私の耳を心地よくくすぐっている。

別れたばかりの彼女は、仕事中といわず、深夜といわず、毎日のように電話をしてきた。しかもなんだかんだと通話を引き延ばし、なんとかして次のデートの約束を取り付けようとした。しかもする話は同業者のモデルの悪口、モデル事務所への不満、そして自分がクライアントにいかに気に入られているかという自慢。彼女との通話は、私にとっては時間のロスとしか思えなくなった。そして最後は彼女からの着信を消音にし、気づいてもほとんど電話を取らなくなった。その結果、留守電には彼女からのメッセージが溢《あふ》れ、それどころか手紙までが届き始めた。彼女から別れを告げられたのは、本気でうんざりしてきていた頃だった。

……私はゲイではない。だが、高柳といる時間が不思議なほど心地いいのは認める。

私は名残惜しい気持ちを感じながら、通話ボタンをオフにする。

……なんだか、本当に不思議な男だ。

「五嶋さん、こんばんは」

いきなり名前を呼ばれて、私は声のした方を見上げる。そこに立っていたのは、噂《うわさ》をすれば影、大城くんだった。羽田との付き合いが長いので、羽田の従兄弟である彼とも数回会ったことがある。だが、こうして改めて二人きりで会うのは初めてかもしれない。彼の右手にはムーンバックスのマークがついたグランデ・サイズのマグカップ。そして左手には、小型のモバイルコンピューターがある。

「さっき、雪哉……ああ、省林社の編集の小田雪哉です……から、電話をもらいました。装丁の仕事を引き受けてくださったんですね。それはもしかして……」

私がテーブルの上に広げている紙の束を見下ろしながら、彼は言う。

「高柳さんからデータで原稿を送ってもらって、読み終わったところだ。君も仕事？」

言うと、彼はうなずいて、

「ええ。『カナル・グランデ』の最終稿にギリギリまで手を加えているところです。雪哉に徹夜をさせたら可哀想なので、会社帰りの彼を待つ間に少しでも仕事を進めておこうかと」

「それは殊勝な心がけだ。優しいんだな」

私は言い、昨夜まで恋人だったモデルから言われた言葉を思い出してため息をつく。

「私とは大違いだ」

言うと、彼は不思議そうな顔をする。それから、

「ええと……お邪魔でしたら別の席を探します。お邪魔でなければ座っていいですか？」

「もちろん邪魔ではないよ。それより原稿は大丈夫？」

私が向かいの椅子を勧めながら言うと、彼は少し考え、それから苦笑する。

「今夜は寝ないで進めますよ。それより、せっかくですからあなたと話がしたい」

「じゃあ、どうぞ、座って」

私が言うと、彼は隣に座る。私はテーブルの上に広げていたプリントアウトをまとめて揃えながら、

「この『カナル・グランデ』は、受賞した『ヴェネツィア』のスピンアウトだね？」

「ええ。少しだけ出てきていた主人公の元の恋人がどうしても気になってしまって。高柳さんと営業部の許可が出たので、そちらのキャラで一本書いてみました」

「設定も華やかだし、キャラクターも魅力的だ。前作に負けないヒットになりそうだね」

私が思ったことを言うと、彼は嬉しそうに微笑む。

「だといいんですが。まあ、俺は前作に引き続き、すべてを出し切った感じです。書けただけでとりあえず今は満足です」

そう言い、それから何かがとても気になるような顔で、

「雪哉が言っていました。高柳さんと、昨夜遅くまで飲んでいたとか？」

……実は、そのまま泊まらせてしまったのだが。

「ずいぶん気が合ったようですね。うまくやれそうですか？」

彼の言葉に、私はドキリとする。なぜか、高柳に対する不思議な気持ちを読まれたような気がしたからだ。

「うまく……というと？」

「高柳さんは、大学時代から、気まぐれで。我が儘で……とても扱いづらい先輩でした。失礼なことはされていませんか？　脅されて無理やり仕事を請けさせられたりとか」

心配そうな彼の言葉に、私は思わず笑ってしまう。

「それは大丈夫。私は自分の意思で請けた。君のファンでもあるし」

「それならよかった」

彼はホッとしたようにため息をつき、それから苦笑して、

「さっきの陰口は彼には内緒で。……まあ、扱いづらいとは言えルックスはとてもいいし、憎めないところもあるので、皆に慕われていましたが」

「たしかに憎めない。そしてどこか可愛いところもある」

私が言うと、彼は少し驚いた顔をし、それから、

「言いたくはないですが……たしかにそうかもしれません。それから意外に優しいところもあるんです。俺の本が売れなかった時には『自分の責任だ』と上部に頭を下げたし、俺がスランプに陥った時、内心かなり心配してくれていたようだし。……まあ、面《おもて》には出しませんけど」

その言葉に、私も笑ってしまう。大城くんは微笑み、それからふとまた心配そうな顔になる。

「ご存じの通り、耀司はとても気まぐれです。今回のことも、とても驚きました。すっかり二人はうまくいっていて、それで同棲しているのだと思っていたから」

彼はため息をついて、

「面には出さないけれど、高柳さんがとても落ち込んでいるのでは、と心配です」

「それなら……とりあえずは安心していいのでは？」

私は、ガラスの向こうに目をやり、近づいてくる見覚えのある二人の姿を認める。

「今も元気に、君の恋人を苛めているようだし」

「えっ？　ああ……本当だ」

高柳と小田くんが、じゃれ合うようにしてこちらに歩いてくるのが、見える。

……彼の気が少しでもまぎれるように、今夜はせめてご馳走《ちそう》を作ってあげよう。

高柳慶介

「すごいな。こんなものを自宅で作れるなんて」

私は広いダイニングテーブルに並んだ料理を見ながら呆然とする。

たっぷりの生野菜を盛り、オリーブとサラミ、ルッコラを飾ったイタリア風サラダ。

新鮮な魚とプチトマト、それに貝類を使った、とても香りのいいアクアパッツァ。

渋い鉄の鍋のままテーブルに出された、牛ヒレ肉と野菜のワイン煮。

素朴な素焼きの皿の上でローズマリーを散らしたイタリア風のフォカッチャが湯気を上げ、そこにオリーブオイルと岩塩が添えられている。

清潔な白のテーブルクロスの上には煌めく銀のカトラリーが並び、クリスタルのグラスが三つずつ並べられている。

「まるで、イタリアンレストランみたいだ」

思わず言うと、グラスにイタリア産のスパークリングワインを注いでいた彼が、

「仕事のためにイタリアに渡ってからは、外食はせずにずっと自炊だった。ローマにはいい

市場があって、そこで話したり食材を買ったりするのは刺激があってとても楽しかった」

平然とした口調で言う。私は次々に料理を味わい、その美味しさに驚いてしまう。

「すごい、本格的だな。……料理は誰に教わったんだ？　イタリア人の彼女？」

私が言うと、彼はチラリと笑みを浮かべて、

「イタリアにいる頃の恋人は、料理など一度も作ったことがないと言っていたな」

さらりと言われて、なぜかドキリとする。

……彼女、と言っても動揺も否定もしない。彼はやはり、ゲイの要素などまるでない純然たるストレートなのだろう。

昨夜のことを思い出して、またなぜかチクリと胸が痛む。

……昨夜の行為は、彼にとっては本当に、何の意味もないことなのだろうな。

私はなぜか沈んだ気持ちで思い……それから慌ててその考えを頭の中から追い出す。

……もちろん、私にとっても、あんなものは何の意味もない行為だが！

「料理を教えてくれたのは、下宿していた家の老夫婦。ご主人はもともとミラノにレストランを持っていたシェフで、引退後に店を売り、悠々自適に暮らしていた」

「なるほどね。たしかに本格的なプロの味だ。家でこんなものが食べられるなんて夢のようだな」

「普段はどんなものを？　外食？」

聞かれて、私はうなずく。

「ほぼすべて外食だった。耀司は意外に料理好きだったようだが、仕事の時間もまちまちなので、食事はほとんど別々。デートらしいデートすらしたことがない」

私は、ため息をつきながら言う。

「考えれば考えるほど……恋人というよりはただの合宿のようだった気がする」

「だが、愛していたんだろう？　別れて悲しい？」

唐突に聞かれて、私はなぜか言葉に詰まる。

……私は、耀司のことを愛していたはずだ。あの顔も、スタイルも、センスもすべて好みだったはずだし、第一、愛していなければ一緒に住むことなど考えられないはずで……。

別れ際の耀司のさばさばした様子を思い出す。セックスをしないならお試し期間にもならない、と言われた言葉も。

……耀司がどう思おうと、私の方は耀司を愛していたはずだ。セックスをする気にならなかったのは大城の従兄弟だというのが気になったせい。デートができなかったのは忙しかったせい。あと少し時間があれば、きっと私は完璧にやれたはず。そして耀司は私に夢中になったはず。

自分にそう言い聞かせるが……なぜか以前のような自信が湧いてこない。

……なぜ、『耀司を愛していた、別れて悲しい』と答えられないのだろう？

「愚問だったな。……食後のワインにしようか」

彼は沈黙してしまった私を気遣《きづか》うように立ち上がり、ダイニングの壁際に置かれている酒落た木製の棚を開く。何気なく見ると、内側は冷蔵庫のような作りになっていて、ワインの瓶がズラリと並んでいた。

「……ただの棚ではなくて、ワインセラーだったのか。すごいな、こんなに」

私は複雑な気持ちを振り払おうと、立ち上がり、ワインセラーの中を覗く。

「すごいものが揃っているな。『シャトーペトリュス 1982』『ヴォーヌ・ロマネ クロ・パラントゥ 1990』『ドメーヌ・ド・ラ・ロマネ・コンティ 1964』、そして『ドメーヌ・ド・ラ・ロマネ・コンティ 1990』。どれも百万円前後……いや、ロマネのこれは三百万円はするな」

私が思わず言うと、彼は少し驚いたように、

「よく知っているな。蒐 集《しゅうしゅう》が趣味？　それも取材旅行の成果？」

「どちらもハズレ」

私は言って、肩をすくめる。

「ワイン好きの作家は意外に多くてね。話を合わせようと調べ物をしている間に少しだけ知識がついた。もちろん蒐集などしていない。ただの付け焼刃」

「正直だな。じゃ、せっかくだからこのへんにするか」

彼は言って微笑み、無造作にロマネ・コンティを取り出そうとする。

「ちょっと待ってくれ。ロマネは好きだが、そんなヴィンテージは畏《おそ》れ多くて飲めない。しかもなんのお祝いでもないのに」

言うと彼は不思議そうな顔で私を見下ろし、それから、

「いちおう、祝うべき事柄はあるのでは？」

「え？　何かあったのか？　もしかして誕生日とか？」

意味が解らずに聞き返すと、彼はそのハンサムな顔に笑みを浮かべて、

「違う。私と君が出会えたことを、祝うべきではないかと言っているんだ」

言われて、私の鼓動がなぜか速くなってしまう。

……ベタな台詞がサマになるかどうか、耀司はそんなことを言っていた。

私は目の前の男の、まるでグラビアのように完璧な笑みを見つめながら思う。

……この男は、どんな台詞でも不思議なほどサマになるだろう。

そう思ったら、心臓がズキリと痛んだ。

……もしかして、耀司が思い描いていたのは……？

「あんたは、耀司の先輩だったな。もしかして……」

私の唇から、かすれた声が漏れた。

「耀司とも、あんなことをした経験が？」

「あんなこと、とは？」

ワインを選んでいた彼が、私を振り返る。

「ああ……もしかして、マスターベーションのこと？」

……こんな美声で平然と言われると、いちいち反応する自分が下品な人間のような気がしてしまう。

「そうだ」

私が言うと、彼は至近距離から私を見つめてくる。それからふいに笑みを浮かべて囁く。

「気になる？」

美声を意味ありげにひそめられ、私の背中になぜか戦慄のような震えが走る。

「べ、別に……」

「していたと言ったら？」

彼と耀司が裸のままの姿で抱き合っている姿が、ふいに脳裏をよぎる。とてもしなやかな身体をした耀司を、彼の逞しい腕が抱き締めている。耀司は快感に背中をそらせ、彼は射精をこらえるかのようにとてもセクシーに眉を寄せて……。

昨夜見た彼の姿が鮮やかに蘇《よみがえ》り、熱い欲望が、なぜか私の身体を駆け抜ける。そして……なぜか心が締め上げられる。

……しなやかな身体をした耀司と、逞しい身体をしたこの男が抱き合う姿はきっととても美しかっただろう。だが、私では……。

学生時代からテニスに明け暮れていて国際試合に出たこともあるし、社会人になってからもジム通いは欠かさないようにしている。だが、もともとあまり筋肉がつかないたちのようで、彼のように逞しい身体にはどうしてもなれない。かと言って耀司のようにほっそりと美しい中性的な見た目でもない。

……私が彼と愛撫しあう姿は、きっととても滑稽《こっけい》だっただろう。

今まで感じたことなどなかった激しい劣等感が心をよぎり、私は驚いてしまう。

……彼はゲイではないし、私はゲイだが絶対に受ではない。だから彼と私が愛撫しあう姿がどんなに不似合いだろうが、そんなことを気にする必要などないはずで……。

「そんな顔をするのはどうして？」

ワインを取り出した彼が、私の顔を覗き込みながら言う。

「まるで、嫉妬でもしているかのようだ。……嘘だよ」

「えっ？」

私はいきなり言われた言葉がとっさに理解できず、彼の顔を見返す。彼はなぜか複雑な笑みを浮かべながら、

「安心してくれ。彼と、ああいうことをしたことなど一度もない」

「そう……なのか？」

なぜだかとてもホッとしてしまいながら言うと、彼はふいに顔から笑みを消し、とても真

剣な顔になる。

「嫉妬するということは、まだ羽田のことがそんなに好きなんだな」

彼の左手が上がり、美しい指が私の顎《あご》をそっとかすめる。

「可哀想に」

彼の指はとてもあたたかく、そしてサラリとしていた。ほんの一瞬かすめただけのその感触が、なぜか忘れられなくなる。

漆黒の瞳が、私を見つめている。私はその黒曜石のような深い美しさに思わず見とれ……それからあることに気づく。

……そういえば、耀司に振られたショックなど、すっかり忘れていた。しかも……。

彼は曲げた人差し指で私の顎を支え、親指で私の唇の形をそっと辿《たど》る。

……この男に触れられると、なぜかとても気持ちがいい……。

「羽田から、君に話しておいて欲しいと言われたことがあるんだ。もしかしたら、あまり聞きたくないかもしれないが」

……なんだ？　耀司の行動はいつも意外すぎて、もう想像がつかない……。

「いいよ。なんでも聞く」

「昨夜、あのバーに向かう前。羽田の恋人だという男を紹介された」

「なんだと？　教えてくれ。どんな男だった？」

私の頭の中を、耀司が好みそうなタイプの男の顔が駆け巡る。

「あの耀司が必死で口説き落としたというからには、さぞやいい男だったんだろうな。外国人モデルか？　映画俳優か？　いや、大富豪の青年実業家だろう？」

「ああ、いや……公務員だと言っていた。下町にある公立小学校の先生らしい」

「……は？」

あまりにも意外な答えに、私は呆然とする。

……あの耀司が、そんな地味な職業の男と……？

「そ、それじゃあ、とんでもない美形なんだろうな。逞しい身体をした体育教師とか？　きっと顔と身体とテクニックで耀司を夢中にさせて……」

「……いや、とても普通の人だったよ。優しくて穏やかそうな。離婚歴があるらしく、小さな男の子が一緒だった。羽田にもとても懐いていた」

想像とはあまりにもかけ離れた彼の言葉に、私はとっさに言葉が出ない。

「え……ええと……」

しばらく考えてから、私はため息混じりに呟く。

「耀司がそういうタイプが好みだったなんて……初耳だ」

「私も知らなかった。大学時代から、彼の周囲には華やかな人間が多かったからね。だが……二人は不思議とお似合いに見えたよ」

私の心に、ズキリと痛みが走る。

……私は一人で彼に愛されていると思い込んでいた。抱くこともできなかったのに、彼を独占した気でいた。だがその間にも、耀司は自分の運命の相手を探し続けていて……。

「そうか、よくわかったよ」

私は、笑ってしまいながら呟く。

「私は、バツイチ子持ちの男に負ける程度の魅力しかない男、ということで……」

彼が、指先で私の唇に触れる。

「離婚歴とその人の魅力とに関係があるとは思わないし、そういう自嘲《じちょう》的な言葉は君に似合わない。やめたほうがいい」

彼は指先で私の言葉を封じたまま言う。

「君に魅力がなかったのではない。羽田の運命の相手が別の人だったということだ。だからそんなふうに自暴自棄になったり、落ち込まないで欲しい。……同棲までしていたのに出て行かれたら、きっととてもショックだっただろうけれど」

その漆黒の瞳が、私を真っ直ぐに見つめている。

「もしも私がゲイだとしたら……君のような魅力的な人を絶対に逃がしたりしないのに」

彼の指が、そっと私の唇の上を滑る。

「……っ」

触れられた場所から、なぜか不思議で甘い電流が走る。

……これはいったい、なんなんだ……？

私は混乱を覚えながら思う。

……まるで、感じてしまってでもいるような……？

呆然としている間に、彼の端麗な顔がゆっくりと近づいてくる。唇に、あたたかく柔らかなものが重なってくる。

「……ん……っ」

キスが深くなり、私の屹立が、ズキン、と反応した。そしてそれだけでなく……。

……ああ、どうして、この男といると……。

私は、彼の服の布地を握り締めてしまいながら思う。

……私はこんなに欲情してしまうのだろう……？

五嶋雅春

私は我を忘れ、彼の唇を奪った。

「……ん……っ」

彼の甘い呻《うめ》きに、理性が吹き飛びそうになる。彼の口腔《こうこう》に舌を滑り込ませ、あたたかな舌をすくい上げる。

「……う、ん……っ」

彼がため息のような声を漏らし、私の服の布地をキュッと握り締める。そのすがるような仕草が……なぜかとても愛おしい。

……燃えるような欲望など、今まで誰に対しても覚えたことがなかった。だから、自分はずっと淡白だと思っていた。なのに……。

私は彼の唇を繰り返し奪いながら思う。

……彼といると、どうしてこんなに発情するのだろう……？

「……あ……っ」

唇が離れ、彼の唇から微かな声が漏れる。それがどこか寂しげに聞こえて、胸が甘く痛む。

そしてそれだけでなく、身体まで熱くなるのを感じる。

……まさか自分が、こんなふうになるなんて……。

「とりあえず……」

私は唇を触れさせたままで囁く。

「ワインを置かせてくれないか？　このままではキスに夢中になって床に落としそうだ」

彼はビクリと身を震わせ、私から身体を離す。

「あはは……何をしているんだろうな、私達は？」

彼はあきれたように笑いながら言う。

「ワインがぬるくなる。遊んでいないでさっさと飲もう」

その目元が色っぽく染まっているのを見て、鼓動が速くなる。

……ああ、どうしてこんなふうになるのだろう？　まるで恋を覚えたての中学生のようだ。

私は思い……そしてドキリとする。

……恋……？

「ええと、グラスはこれでいいのか？」

カウンターに入った彼が、ワイングラスを選んでいる。完璧に麗しい容姿、そしてそれに似合わないその少し慌てたような様子に、また胸が痛む。

……彼は男で、私も男。恋など成立するはずがない。なのに……。

私はワインセラーを開き、ワインの瓶を戻す。彼の身体を、後ろから抱き締める。

「ワインは後にしてくれ」

彼は驚いた声で、

「あ？　どうかしたのか？」

「いや……」

私は彼の首筋に後ろからキスをして、囁きを耳に吹き込む。

「……発情した。先に、しないか？」

くすぐったかったのか、彼がビクリと身体を震わせる。それから苦笑交じりの声で、

「昨夜もあんなにしたのに……あんたは中学生か？」

「自分でもわけがわからない。だが……」

首筋に顔を埋め、芳しいその香りを胸に吸い込む。最初に香るのは爽《さわ》やかなレモン。その後でオレンジに似た甘さがあり、一番奥にムスクのようなセクシーなイメージが潜んでいる。

私は人工的な香りが嫌いで、どんな美人といてもコロンの香りを芳しいと思ったことなどない。なのに……。

……彼は、なんていい香りがするんだろう？

「君といると、やけにいやらしい気分になる」

「なんだそれは？」

彼が可笑しそうに言うが……その声は微かに動揺したようにかすれている。私はさらに昂ぶるのを感じながら、

「昨夜のあれが、忘れられない。思い出すだけで、身体が熱くなる。それくらいよかったんだよ」

彼はクスリと小さく笑い、それから、

「それは光栄だな。……わかったよ。ちょっと待ってろ」

言って、手に持っていたグラスを棚に戻す。

「じゃあ、さっそくやってやるから……」

「いい。そのまま」

振り返ろうとした彼の身体を強く抱き締めて動きを止める。

「え？　……あっ」

後ろから回した両手を、彼の身体に滑らせる。ベルトの金具を外して、彼のスラックスの前立てのボタンを外す。彼は慌てたような声で、

「ちょっと待て、後ろに手を回してあんたのを触るのは、けっこう大変なんだが？」

「まずは、君だけ」

言いながらファスナーを下ろすと、彼のスラックスがベルトの重みで床の上に落ちる。

「ちょっと待て、私だけって……あっ！」

腿《もも》の上部を隠すワイシャツの布地の上に、ゆっくりと手を滑らせる。脚の間に手をやると、彼は驚いたように小さく声を上げる。キュッと握って確かめるだけで、彼は甘く息を呑《の》む。

彼の屹立は、もう……。

「軽いキスだけで、もう勃起しかけているじゃないか。……感じやすいんだな」

後ろから囁き、硬くなりかけた彼の中心を、ワイシャツの布地ごと手のひらに握り込む。

「ちが……あんたがいやらしいことを言うから……」

「言葉で責められるのが好きなのか？　いやらしいな。……こうすると感じる？」

そのまま上下に手を動かしてやると、彼の屹立が一気に硬さを増す。

「感じるんだな、もうこんなに硬くなってきた」

「……クソ、そんな上品そうな顔をして……」

彼が身体を震わせながら、悪態をつく。

「……この、スケベ野郎……」

……彼に、女性と混同しそうなところは微塵《みじん》もない。ゲイの男が好みそうないわゆる美少年タイプでもまったくない。彼は凛々《りり》しく、強く、麗しい。なのに……。

私は彼の首筋にそっとキスをしながら思う。

……彼の喘ぎを聞くだけで、どうしてこんなに欲情するんだろう？

……ああ、彼に触れられるだけで、どうしてこんなに発情するんだろう？

私は思いながら、深いため息をつく。

後ろから私を抱き締める、逞しい腕。首筋をくすぐる彼の呼吸。たまに唇が肌を掠《かす》めて、そのたびに不思議な甘い衝動が身体を駆け抜ける。

私の屹立はいつの間にか熱を持って勃《た》ち上がり、下着とワイシャツの布地ごと、彼の大きな手のひらに包み込まれている。

「言葉で責められるのが好きなのか？　いやらしいな。……こうすると感じる？」

ゆっくりと上下に手を動かされ、全身に快感が走る。そして私の屹立が一気に熱を持つ。

「……く、うぅ……っ」

「感じるんだな、もうこんなに硬くなってきた」

耳に囁かれるのは、本当にセクシーな囁き。男の私でも聞きほれてしまいそうなその甘い声で昂《たか》ぶらせられて……なんだかとても悔しい。

「……クソ、そんな上品そうな顔をして……」

私は震えてしまいながら、必死で悪態をつく。

「……この、スケベ野郎……」

彼が小さく笑い、私の首筋にそっとキスをする。

「ああ。本当にそうだ」

彼が囁いて、セクシーなヴァンパイヤのように私の首筋に肌にキュッと歯を立ててくる。

「……あ……っ」

同時に屹立を刺激されて……あまりの快楽に、目の前がふわりと翳《かす》む。

「……やめ……あっ」

彼の手の中で、私の屹立がビクンッと大きく跳ねた。

「昨日も思ったけれど……」

彼の手が動き、私のワイシャツの裾《すそ》をゆっくりと捲り上げる。

「……本当に感じやすいんだな」

「昨夜のことなら、そっちこそ……アアッ」

彼の手がいきなり下着の中に滑り込んできて、私は思わず声を上げる。

「……やめ……あ、あっ」

彼の指先が、確かめるかのように私の張り詰めた先端を往復する。

「すごいな。びしょ濡れじゃないか」

「……あ、あ……っ」

私の屹立は痛いほどにそり返り……それだけでなく、先端から先走りの蜜をたっぷりと溢れさせていた。ヌルヌルと塗り込めるようなその動きに、背中が反り返るほどの快感が走る。

「……ああ、やめ……っ」

「早いな。もうイキそうなのか？」

笑いを含んだ声で囁かれ、私は必死で頭を振る。

「まさか、まだまだ余裕だ。……っていうか、自分も硬くしているくせに」

抱き締められ、ぴったりと密着している彼の逞しい身体。その両脚の間あたりに、燃え上がりそうに熱く、硬いモノがあるのが解る。

「手でしてやるよ。身体の向きを……」

「いい。今夜は君を愛撫したい」

向きを変えようとした私の身体を、彼の左手が強く抱き締める。右手が私の屹立の硬さを確かめるように、ゆっくりと上下に動く。

「すごいな。滴っている。君のいやらしいここが、根元までヌルヌルだ」

「……くっ……」

甘く上品な声、なのにそれに似合わない淫《みだ》らな言葉。それがやけにセクシーで……。

「……あっ！」

腰を支えていた彼の左手が動いて、私のワイシャツの下に滑り込む。熱い手のひらで肌を撫で上げられて、戦慄が走る。彼の指先が私の乳首をかすめ、思わず息を呑む。

「……へえ。こんなところまで、硬くしているんだな」

尖《とが》ってしまっていた乳首の先を、指先でひっかくように刺激されて、熱い快感が腰から湧きあがってくる。

……ああ、どうしてこんなところが……。

私は、空気をすすりこみながら思う。

……こんなに感じてしまうんだろう……？

「……んん……っ！」

乳首と屹立を同時に刺激されて、蕩けそうな快感が全身を包み込む。

「……やめ……あ……っ」

自分だけが愛撫される恥ずかしさに、身体と頬が熱くなる。

「……頼む……私だけじゃなくて……」

私は目を閉じ、湧き上がる射精感をこらえながら必死で懇願する。

「……あんたのも、やらせてくれ……」

「ダメだ」

彼は言い、私の首筋にまた歯を立てる。

「昨夜は私も夢中になってしまった。だから今夜は、君をじっくり観察したい。感じると、君の身体はどんなふうになるのか、そして、イク時にはどんな声を出すのか」

「……そんな……アッ……！」

彼の愛撫が激しくなり、私はもう反論ができなくなる。

「男同士なのにとても不思議だが……」

彼が、巧みな愛撫で私を追い上げながら、かすれた声で囁く。

「君を見ていると、とても発情するよ」

乳首をくすぐられ、同時にヌルヌルの屹立を強く扱《しご》き上げられる。

「……ああっ！」

「イッて。声を聞かせて」

乳首を揉《も》み込まれ、ひときわ激しく扱かれて、私の目の前が、真っ白にスパークし……。

「……く、ううう……っ！」

私の先端から、ビュクビュクッと快楽の蜜が迸《ほとばし》った。

「……ああ……っ！」

激しく放出された蜜を、彼の手のひらが受け止める。受け止め切れなかった蜜が溢れて、私の下着を熱く濡らす。

「すごいな。とても熱い」

囁かれ、蜜を屹立に塗り込められて、身体の奥底から、不思議な欲望が湧きあがってくる。

私の内部が震えて、何かを激しく欲している。

……ああ、まだ足りない……。

私は思い……それからとても驚いてしまう。

……イッたばかりなのに、何を考えているんだ、私は……？

「まだ、こんなに硬い」

彼は囁いて私の下着の中から手を引き抜き、私の身体の向きを変えさせる。

「今度は一緒にイこう。いい？」

彼が自分のスラックスのファスナーをゆっくりと下ろす。ブルン、と弾《はじ》け出たモノの大きさに、なぜか喉が鳴ってしまう。

「……わかったよ……」

「いい子だ。触って」

漆黒の瞳で見下ろされて……欲望のあまり気が遠くなりそうだ。

……私の好みはしなやかな身体の美青年で、だからこんな逞しい男には興味がないはずで。

だが……彼の屹立を握った途端、身体の奥から熱が湧き上がる。

……ああ、いったい私はどうしたというのだろう？

◆

初めて『柚木つかさ』の作品を読んでから三日後。私は中野にいた。

本当なら、新人賞を受賞することが決定してから、彼に連絡をするべきだった。だが、彼がもしも他社にも別の作品を投稿してしまったら、でなければインターネットで彼の作品を目にした他社の編集がスカウトをしてしまったら……そう思ったら、私はもういても立ってもいられなかった。私は編集長と新人賞の選考委員たちに許可をもらい、彼に連絡を取り、アポイントメントを取った。そして、彼が指定してきたこの喫茶店で待っている。

……しかし……。

私は喫茶店の中を見渡しながら、少し驚いていた。

銀座や六本木で金を使う大物作家達はもちろん、最近の若者はグルメ情報にも詳しいのか、たとえ新人作家でも打ち合わせ場所にはかなりお洒落な店を指定してくる。私達は予算の許す限り彼らのリクエストに応え、リラックスして打ち合わせができ、その後は気分よく仕事をしてもらえるように取り計らう。いい作品をもらうためには労力と投資を惜しむな、というのが我が省林社編集部のやり方だ。だが……。

……なんというひなびた店を指定してくるんだ……？

その店は、場所こそ駅の近くだが……取り壊し寸前の廃屋のように見えた。どう見ても傾いているような木造の店舗の外側を、びっしりと蔦《つた》が覆っている。窓と入り口にはまったガラスは時代を帯びて曇《くも》り、店の中は洞窟《どうくつ》のように暗い。二人掛けの小さなテーブルが三つ、そして四人分のスツールが置かれた短いカウンター。その奥にはまるでお伽噺《とぎばなし》の小人のような印象の小柄な老人が、ゆっくりとグラスを磨いている。小さなオイルランプがテーブルごとに灯《とも》り、微かな光源になっていて、店というよりは崩《くず》れかけた山小屋にでもいるようだ。にもかかわらず、流れているジャズはやけに音質がよく……いるだけでとても不思議な気分になる。

……どんな男なんだろう？

私は、電話で聞いた柚木つかさの声を思い出す。かすれた小声でボソボソと話す青年で、煌めくような瑞々《みずみず》しさと若さを持つ彼の作品世界とはかけ離れた印象を受けた。

……まあ、作品と本人がかけ離れているというのはよくあることだし。

私はカップを持ち上げて、熱いコーヒーを飲む。店主と思われる老人が丁寧にいれたネルドリップのコーヒーは……驚くほどに美味い。

……しかし、入ってきた時には驚いたけれど……。

私は、店の中を見回しながら思う。

……しばらくいると、やけに落ち着いてしまう空間だな。

カランカラン。

店のドアにつけられたカウベルが鳴り、私はそちらを振り向く。やたらと眩《まぶ》しく見える屋外から、ほっそりと小柄な姿が店内に入ってくるのが見える。ダブダブの綿シャツと、色あせた細身のジーンズ、目深に被《かぶ》ったニットキャップ。近所に住んでいる子がふらっと寄ったという感じで、荷物を持っていない。大きな黒縁の眼鏡《めがね》をかけているせいで顔立ちはよく解らないが、顔の小ささと肌の白さからして女の子だ。

女の子は常連らしく、カウンターに近寄って店主にぺこりと頭を下げて挨拶をしている。

……柚木つかさは男だ。別人か。

私は思いながら、その人物から目をそらす。

……いったいどんな男だろう？　こんな山小屋のような店が好きだということは、アウトドア派か？　もしかしたら、草田のようなごつい大男かも……。

「……あの」

ジャズに消されてしまいそうな微かな声がして、私は慌てて顔を上げる。さっき入ってきた小柄な女の子が、私のテーブルの脇に立っていた。

「ああ、すみません。ここは君の指定席？　だったらすぐに……」

思わず席を立ちそうになった私は、そのかすれた声に聞き覚えがあることに気づく。

「もしかして……」

その小さな顔を見上げながら、私は言う。

「……あなたが、柚木つかささん、ですか？」

相手はうつむいたまま一瞬黙り、それから小さくうなずく。

「はい」

私は慌てて立ち上がり、彼のために思わず椅子を引く。

「失礼しました。どうぞ」

「ありがとうございます」

彼はかすれた声で言って小さくお辞儀をし、椅子に座る。女の子のように華奢《きゃしゃ》に見えたのは大きすぎるシャツのせいで、近くで見るとしなやかな少年のような体形をしているのが解る。彼が帽子を脱ぎ、その下から艶のある茶色の髪が現れる。白い首筋からフワ、と石鹸《せっけん》の香りがして、少しドキリとする。

……って、動揺している場合ではない。

私は自分を叱り付け、慌てて向かい側に座り、内ポケットから名刺入れを取り出して名刺を引き抜く。

「お呼びたてして申し訳ありません。省林社第一文芸部の副編集長、高柳と申します」

言って名刺を差し出すと、彼はおずおずとそれを受け取る。長すぎる袖から覗くのは、綺麗な爪《つめ》を持つ細い指先。そういう趣味のある男には、きっとたまらないだろう。

「副編集長、さん」

柚木は私の名刺を見下ろして呆然と呟き、それから顔を上げて、

「すみません。僕はただの大学生なので名刺とかは……」

「大丈夫ですよ、あなたのプロフィールは、応募要項に書いてありましたし」

私が言うと、彼がホッとしたように息をつく。彼の唇が淡いピンク色であることに気づき、ますますドキリとする。

……何をドキドキしているんだ、私は？

「お待たせしました」

近寄ってきた店主が、彼の前に大きなマグカップを置く。ふわ、とカカオの香りが広がる。カップにはマシュマロを浮かべたココアが湯気を立てていた。

「あ、ありがとうございます」

彼は店主にぺこりとお辞儀をし、やけに嬉しそうな様子で両手でマグカップを持ち上げる。それから私の視線に気づいたかのように顔を上げ、ピクリと肩を震わせて、

「すみません。ここのココア美味しいので、つい……」

カップを置こうとするのを、私は慌てて止める。

「いえ、私も先にコーヒーを飲んでいましたから。どうぞ」

私が言うと彼はうなずき、やけに嬉しそうにフウ、と湯気を吹く。

「……あ……」

ふわりと立ち上がった湯気に、彼の大きな眼鏡が真っ白に曇る。彼の呆然とした顔が可笑しくて、私は思わず噴き出してしまう。

「失礼しました。笑ったりして」

彼が傷ついたように頬を引きつらせたことに気づいて、私は慌てて言う。

「あなたが来るまで、勝手にごつい相手を想像していました。その想像とのギャップが可笑しくて、つい」

「いえ、僕はいろいろとダメな感じで」

彼は少しリラックスしたのか、小さく笑いながらカップを置く。

「友人達にも、いつも笑われてばかりなんです」

俯《うつむ》いて眼鏡を取り、ポケットから出したハンカチでレンズを拭《ぬぐ》う。

「だから僕みたいなやつが、省林社みたいな大きな出版社に原稿を送るなんて、きっと身の程知らずだったんだと思います。だから……」

彼が言い、ふいに顔を上げる。

「お電話をいただけたのが、なんだか夢みたいで……」

眼鏡のない彼の素顔を見て……私はそのまま硬直する。

ミルク色の肌、ピンク色の唇。細く通った鼻筋。おだやかなラインを描く眉と、長い長い睫毛。そしてその下から見つめてくる、紅茶色の潤《うる》んだ瞳。

信じられないが、眼鏡を取った素顔の彼は……どこか耀司にイメージの似た、美青年だった。

……あの文章力、あの感性、あのセンス。そして、この美貌……。

私は、呆然と彼に見とれながら思う。

くしゃくしゃの髪と、とてもダサい服装。なのに、彼はこんなにも美しい。もしもきちんとしたヘアメイクがつき、プロのカメラマンに撮らせたとしたら、見とれるような麗しいプロフィール写真ができあがるはず。いや、彼なら顔出しの取材はもちろん、テレビ出演もできるし、それどころか、CMに起用してもいいくらいの美形だ。

……彼は、とんでもなく売れる。十数年に一度の逸材だ。

私の中に、信じられないような高揚感が湧き上がる。

……私は、素晴らしい金の卵を目の前にしているのかもしれない……。

「ほかの出版社に、投稿した経験は？」

「……え？　あ……はい」

彼は眼鏡をかけながら、少しバツの悪そうな顔で、

「ええと、凌学出版に……」

「凌学出版」

凌学出版は、五嶋が装丁を手がけたあの『魔法の石』の出版権をさらった因縁の会社。省林社と並んで日本で五本の指に入る大手出版社だ。編集部はエキスパート揃いで、それをまとめている大久保崇《おおくぼたかし》という編集長は、ヒットを出すためには手段を選ばない男で、あの本の出版権をかなり強引に、そしていち早く手に入れたのは彼の働きによるものだ。出版権に関しては早い者勝ちのところがあるので、それは仕方がないといえる。しかし凌学出版とうちにはさらに深い因縁がある。

数年前、うちからデビューさせて大切に育てていた新人作家を大久保に引き抜かれ、凌学出版の専属にされてしまったことがある。「自分の意思で」と作家本人に言われて当時は納得するしかなかったのだが、実は彼は、大久保から省林社のでっちあげの悪口を吹き込まれていた。専属にされた後は人格を否定するようなやり方で馬車馬のように働かされ、その結果、人間不信に陥ってあっという間に作風が荒れ、デビューからたった二年で筆を折った。その後、文壇バーで顔を合わせた時、大久保から「省林社からデビューした新人は才能も根性もない。無駄金を使ってしまった」と言われ、編集部員達だけでなく、あの温和な編集長までも怒り狂った。それ以来、凌学出版はわが社の敵。ライバルという言葉だけで済ますには、恨みも因縁も深過ぎる相手だ。

……そして、あの大久保が、こんなとんでもない金の卵を見逃すわけがない。

「……よりによって凌学出版に……」

私が思わず呟くと、彼はとても慌てたように言う。

「あ、違います。同じ作品を二重投稿したとかではなくて、あちらにはまったく別の作品を出しています」

「それで？　凌学出版からはなんて？　ああ、あちらの受賞者の発表はまだかな？」

「……ええと……実は編集長の大久保さんという方から昨夜お電話をいただいて……」

彼が困ったような顔になったのを見て、やはり、と思う。

……急いでコンタクトを取らなくては、と思った私の勘はきっと当たっていた。あの大久保が紳士的に待つわけがなかった。

「大久保さんに、何か困るようなことを言われましたか？」

私が言うと、彼はさらに困った顔になる。

「ええと……」

「他社に原稿を送っていないか、もしも他社と打ち合わせをする予定があるのだとしたらその前に自分と会ってくれ、部数は自分の会社が業界一だ……そう言われたでしょう？」

「ど、どうしてわかるんですか？」

彼の驚いた顔を見て、私は思ったとおりだ、とため息をつく。

「大久保さんのいつものやり方だからですよ」

私が言うと、彼は泣きそうな顔で下を向いて、

「高柳さんとお会いすることは言っていません。でも、大久保さんは何かを感じ取ったのか、省林社の新人賞と〆切が近い、もしかしてあちらにも投稿をしなかったか？　って聞かれました。嘘はつけないので、省林社にも送ったことをお話したら、今すぐに会ってくれ、これから書類に書いてあった住所に迎えに行っていいかと聞かれました。電話があったのは……夜の十一時くらいだったんですが」

「それで？　無理やり来たんですか？」

私が聞くと、彼は思い出すように怯えた顔で、

「いえ、今からコンビニの深夜アルバイトに出かけるところなので困る、と言いました。そうしたらアルバイト先に迎えに行ってもいいか、終わるのは何時なのか、かなり粘られてしまいました。シフトは夜明けまでだし、その後は朝から講義があったので、それを理由になんとか断ったのですが……」

彼は下を向いて、疲れ果てたようにため息をつく。

「朝から携帯電話が鳴りっぱなしです。講義の邪魔になるので消音にしていたのですが……いつの間にかすごい件数に……」

「それは大変でしたね。まったく彼らしいな。まるでスッポンのようだ。いや、そんなことを言ったらスッポンに申し訳ないかな」

私が言うと、柚木はほんの少し笑う。それからつらそうな声で、

「僕、ずっと小説家になるのが夢でした。作品もたくさん書き溜《た》めてきました。でも、自分みたいな才能のない人間がプロになるなんて無理だ、だからあきらめなくちゃって思ってました」

彼の言葉に、私は愕然とする。

……あれだけの才能を持ちながら、なんということを……。

「それで、最後にどこかに投稿しようと思ったんです。雑誌で調べたら、省林社と凌学出版の新人賞の〆切が同じ日でした。作品はたくさんあるので、自分が気に入っている二作品を投稿しようと思ったんです。きっと、ちょっとでもチャンスが欲しかったんですね」

彼はため息をつき、それから怯えたような顔で私を見つめる。

「別の作品だからいいと思いました。同じ時期に別の会社に投稿するのはとても悪いことだったでしょうか？　大久保さんは、僕に文句を言うために来ようとしていたとか？」

「いや、大久保さんがしつこいのはそういう理由ではありません。うちと凌学出版はいろいろと因縁のあるライバル会社で、大久保さんは私のやり方を熟知している。それでしつこく会ってくれと言ったのだと思いますよ。じゃあ、次に彼から電話があったら……」

私が言いかけた時、彼のシャツの胸ポケットの中で携帯電話が振動した。彼はとても驚いたようにギクリと肩を震わせる。

「どうぞ、出てくださって構いません」

私が言うと、彼は何か言いたげな顔をし、それから「すみません」と断って電話をポケットから取り出す。そして液晶画面に目を落として、少し怯えたような顔になる。

「大久保さんですか？」

私が言うと、彼はとても困った顔でうなずく。私は手を差し出して、

「もしもお嫌でなければ、私が彼に話をしましょう」

私が言うと、彼は心からホッとしたような顔で私に携帯電話を渡す。

「本当にすみません。でも、なんだか……」

「大久保さんが怖いんでしょう？　その判断は間違ってはいませんよ」

私は言い、彼の携帯電話の通話をオンにする。

『柚木先生ですか？　凌学出版の大久保です。昨夜から何度もお電話をしてすみません』

大久保のまるで演劇の台詞のように滑らかな声が、受話口から流れてくる。彼の意地の悪い嫌味な言葉を聴きなれている私には、その作り声がとても不愉快だ。

『でも凌学出版は先生の才能を高く評価しています。先生に新人賞を取ってもらい、それを宣伝文句にして大々的に売り出します。デビュー第一作は印税という形にはできませんが、そのかわり、賞金の百万円をお支払いします。そうそう、別の原稿を送られたという省林社ですと、新人作家の印税がとても低く……』

「お久しぶりです、大久保さん」

私は笑いを必死でこらえながら、彼の声を遮って言う。

「省林社の高柳です」

『……高柳さん……？』

大久保は、愕然とした声で言う。

『どうして柚木先生の携帯に、君が？』

「実は今、柚木先生と打ち合わせの最中なんです。柚木先生は手が離せませんので、代わりに私がご用件をお聞きしますよ」

『それは困ります。私は、柚木先生と直接話を……』

しつこく言い募る大久保に追い討ちをかけるために、私は彼の言葉を遮る。

「そうそう。柚木先生には大学の講義がありますし、さらにこれからは我が社の小説の執筆にも入らなくてはなりません。しつこい電話や訪問はご遠慮いただけますか？」

大久保は一瞬黙り、それからクスクスと笑う。

『なるほどね。よくわかりました。一瞬の差で先を越されたわけだ。柚木先生に「省林社と交渉が決裂したらすぐにでも大久保にご連絡を」とお伝えください』

言って、あっさりと電話が切れる。私はホッと息をつき、電話を彼に返す。彼は少し青ざめた顔で、

「し、叱られませんでしたか？」

「大丈夫ですよ。これで悪い男は撃退できたでしょう。私は正義の騎士かな？」

私が言うと、彼は驚いたように目を見開き、それから小さく噴き出す。

「高柳さんって、ハンサムなだけでなくすごくいい方なんですね」

……ああ、なんだかやたらと可愛いかもしれない。

五嶋雅春

「とんでもない逸材を見つけたんだ」

家に戻るなり、高柳《たかやなぎ》が弾んだ声で言う。

「才能があるだけでなく、とんでもない美青年なんだ。売れる。彼は絶対に売れる」

彼の嬉《うれ》しそうな顔はとても嬉しい。だが……。

「もしかして、君の好みでもある？」

私が言うと、彼は驚いた顔で私を見返してくる。

「え？　ああ……それはそうかもしれない。ともかく綺麗《きれい》な子なんだ」

彼の言葉が、私の心になぜかチクリと突き刺さる。

「本当なら、賞の選考の途中で横からさらうのは反則だ。デビューを決めてしまったら、新人賞をあげるわけにはいかなくなるしね。だが、彼には他社からも声がかかっていた。一刻の猶予もならない。私の手で、彼をベストセラー作家にしてみせる」

私の心が、なぜかズキズキと熱く痛む。

……まるで嫉妬《しっと》でもしているかのようだ。

「明日、彼を本社の方に招いたんだ。なんとかしてスケジュールを埋めなくては。ああ……彼の本が店頭に並ぶのが楽しみだよ」

彼が弾んだ声で言い、私の心がさらに痛む。

……私は、いったいどうしたというのだろう？

高柳慶介

「……これが、省林社《しょうりんしゃ》のビルですか」

柚木《ゆずき》が言って、眼鏡《めがね》の奥の目を煌《きら》めかせながら呆然《ぼうぜん》と社屋を見上げる。

「……すごい、立派なんですね。あの……」

彼は自分の格好を見下ろして、困った顔になる。

「……ただ近所でご飯を食べるだけかと思って、こんな格好できてしまいました」

今日の彼は、昨日と同じニット帽を目深に被《かぶ》り、微妙な色合いのダブダブの綿シャツと、ダラリと長いカーディガン、色あせたジーンズを身に付けている。くしゃくしゃの長い前髪と、眩暈《めまい》がしそうに度の強い黒縁眼鏡で、あの麗しい顔は隠されている。

「……なんだか恥ずかしいです。まあ、どんな服を着ても代わり映えしないんですが……」

彼は悲しげな声で言って、ため息をつく。

……彼は、自分が絶世の美貌《びぼう》の持ち主であるという自覚がないばかりか、容姿に激しいコンプレックスを持っているかのように思える。本当に不思議というか……。

「大丈夫ですよ、柚木先生」

私の言葉に、彼は驚いたように肩を震わせる。そして頬《ほお》を赤くして、

「……あの……先生とか、やめていただけませんか？　くすぐったいというか……」

「じゃあ、今のところは柚木さんで。もっと親しくなったら、もっと馴《な》れ馴れしく呼んでしまうかもしれませんが」

私は言って、小さく笑っている彼の背中に手をやってエントランスの方にエスコートをする。人との接触に慣れていないのか、ビクッと身体《からだ》を震わせるところがやけに可愛《かわい》らしい。ダブダブのシャツの襟元から覗《のぞ》く彼の首筋はミルク色で、昨日と同じ甘い石鹸《せっけん》の香りがする。

……なんというか、とても好みかもしれない……。

自動ドアが開き、私は彼と一緒にエントランスを入りながら思う。

……今までの恋人は、美しくて気の強い美青年ばかりだったし、彼のような初々しいタイプにはとても心惹かれる。

見下ろすと、緊張からか彼の耳がバラ色に染まっているのが解《わか》る。

……もちろん、大切な作家に手を出してはいけないことは解っているが……。

私は思い、それから作家である大城《おおしろ》と、編集者である小田《おだ》の関係を思い出す。

会社によっては作家との恋愛沙汰《ざた》を厳しく禁止している場合もあるが、省林社はどちらかといえばオープンな方だ。相手があまりにも若かったり、不倫関係になったりするともちろ

ん問題だが、独身同士、そして成人同士の恋愛には口を挟まない、という姿勢を貫いている。

……まあ、もしも相思相愛になったとしたら、その時は仕方がないけれど。

◆

「どうぞ、ここが編集部です」

私が部屋の前で立ち止まる。中からは編集部員達がいつものごとく賑《にぎ》やかに仕事をしているのが聞こえてくる。彼はごくりと唾《つば》を飲んで、

「こ……ここが、有名な、省林社の編集部なんですね。緊張します……」

「緊張することはないですよ。ちょっと……いや、かなりゴチャゴチャしていますけど驚かないでください」

私は言ってドアを開く。

「柚木先生、どうぞ」

言いながら入ると、賑やかだった編集部員達が、いっせいに口を閉じてこちらを振り返る。興味津々の視線を浴びて、柚木が立ちすくんでいる。

「ソファにどうぞ。少し散らかっていますが。……っていうか、誰だ散らかしたのは？」

私が言うと、ソファの上に積まれていた資料を近くのデスクの上に移す。柚木は「ありが

とうございます」と言いながら緊張した様子でソファに座る。

「柚木先生、初めまして。編集長の太田《おおた》と申します」

太田編集長が立ち上がり、こちらに向かって歩いてくる。彼は内ポケットから出した名刺入れから名刺を取り出し、柚木に差し出す。

「ありがとうございます。大学生なので、名刺とかはないんですが……」

「大丈夫ですよ。今回は突然のお話で驚かせてしまって申し訳ありません」

太田編集長がどんなに疲れた作家の心も癒《いや》してしまうといわれている、にこやかな笑みを浮かべながら言う。

「柚木先生の作品があまりに素晴らしくて、つい、高柳が先走ってしまいました。でも私も同意見です。あなたには、すぐにでも活躍できる実力と素晴らしい才能があると思います。これから、どうかよろしくお願いいたします」

丁寧に礼をされ、柚木は頬をバラ色に染めながらぺこりと頭を下げる。

「あ、ありがとうございます。省林社さんの本はずっと読み続けてきたので……なんだか夢を見ているみたいです」

「ほかの社員も、ぜひご挨拶《あいさつ》をと言っておりますので」

太田編集長が脇《わき》にどくと、いつの間にかそこには長蛇の列ができていた。学生の柚木はこういう儀式に慣れていないようで、とても驚いた顔をしている。

ベテラン編集の尾方《おがた》、女性編集の田代《たしろ》や新人の小田をはじめとする編集部員、隣にある制作部のメンバー、さらに噂《うわさ》を聞きつけた営業部のメンバーまでが名刺を持って列をなしている。彼の原稿を下読みして薦めて来た藤巻《ふじまき》もちゃっかり並び、「最初に下読みをしてあなたの才能に気づいたのは俺なんです、俺が高柳さんに推薦したんです」と自慢げに話し、柚木にサインまでねだっていた。もちろんまだそんなものを考えていなかった柚木は、楷書《かいしょ》で名前を書いただけだったのだが、藤巻は大喜びだった。

かなり長い時間をかけて名刺をもらった柚木は、山になったそれに当惑していた。今日の彼はヨレヨレの布袋を袈裟《けさ》懸《が》けにしていたが、その中に入れていいものか迷っているようだ。かと言って、財布に入るような量でもない。それに気づいたのか、小田が社名入りの封筒を持って走ってくる。

「名刺をたくさんお渡ししちゃってすみません。ここに入れてはいかがですか?」

「あ、はい。すごく助かります。バラバラになって折れたりしたら大変なので」

柚木はもらった封筒に名刺を丁寧に入れ、とても大切そうに鞄《かばん》にしまう。それから目を潤《うる》ませて小田を見上げる。

「ご親切に、ありがとうございます」

小田は、眼鏡の向こうの彼の瞳《ひとみ》がやけに美しいことに気づいたのか、頬を赤くしている。

「小田、立ったついでに休憩室のカフェに行って、私と柚木先生にコーヒー買って来い」

「あ、はい！」

小田がいったん自分の席に戻り、何かを持って柚木のところに駆け寄ってくる。

「柚木先生。このビルにはムーンバックスが入っているので、普通のコーヒーだけでなく、カフェ・オ・レとか、カプチーノとかもあります。あと、アイスの甘い飲み物とかも」

柚木に、カフェメニューを見せて注文を聞いている。

「あ、すごいたくさんで迷いそう……そしたら、カフェ・オ・レを」

「わかりました。高柳副編集長はエスプレッソでいいですよね？　行ってきます！」

元気に言って、柚木に微笑《ほほえ》みかける。柚木は頬を染めてお辞儀をし、小田が走り去った後姿を見送りながらうっとりと呟く。

「……綺麗な人ですねえ……」

……自分も、とんでもない美形のくせに。

「少々子供っぽいですがなかなか使える部下です。この間猶木《なおき》賞を受賞した『ヴェネツィア』も彼が担当していました」

私がつい自慢すると、柚木は胸に手を当てて目を丸くする。

「あの『ヴェネツィア』の。あの本は本当に素晴らしかったです。キャラクターが凄《すご》く素敵で憧れてしまいましたし、情景が頭に浮かぶようでうっとりしました」

内気に見える彼の興奮した様子に、編集部員達は目を細めている。

……なんだかんだ言っても、本好きには連帯感が生まれるな。

私は思い、柚木を再びソファに座らせる。

「私は、あなたを期待の新人として大々的にデビューさせるつもりです。営業部も、全力でバックアップしてくれるはずです。そこで言っておかなくてはいけないのですが……新人賞のことについてです」

私が言うと、彼は緊張した顔でうなずく。

「わが社の新人賞というのは『デビューの決まっていない新人』が対象です。デビューの決まった新人に賞を取らせ、それを宣伝にするという会社もありますが、わが社は……」

「新人賞への応募は取り止めます。凌学出版の方にもそのことを連絡します。もともと賞金が目当てではありませんので」

彼がきっぱりと言い、私は微笑んでしまう。

「ありがとうございます。……ちなみに賞金は百万円ですが、あなたなら初めての本の印税で数倍は稼げると思いますよ」

言うが、彼は実感が湧かないらしく、きょとんとした顔をしている。

「では、すぐにでも発刊に関する打ち合わせを……」

私は、緊張したようにビクリと身を震わせる柚木を見て、思わず笑ってしまう。

「……といきたいところですが、初めてでかなり緊張していらっしゃるみたいだから、それはまた改めて。今日は、まずうちの編集部がどんなところかを見ていただければ」

私が言うと、彼はホッとしたように息をつく。被ったままだったニット帽をそっと脱いで、

「ありがとうございます。実は人見知りをする方なので、すごく緊張してしまって……今打ち合わせをしても、全部忘れてしまいそうです」

膝《ひざ》の上に置いたニット帽を、細い指でキュッと握り締めながら言う。

「この間お会いした中野の喫茶店、すごくいい雰囲気でしたね。あそこなら落ち着いてお話ができそうですね」

私が言うと、彼は少しホッとしたように微笑んで、

「あの店、気に入ってるんです。コーヒーが美味《おい》しいし、オーナーはノンビリしているし。あそこで好きな本をゆっくり読むのが、一番の楽しみなんです」

微《かす》かに微笑んだ彼の唇から、美しい歯並びがチラリと覗く。彼がまるで真珠のように白い歯をしていることに気づいて、私はますます彼に好感を持つ。

「あの店は、音響もよかった。真空管アンプを使っていたでしょう。かなりお金がかかっているはず。……私は実は、オーディオには結構うるさいんです」

私が言うと、彼はさらに明るい笑みを浮かべて、

「あ、実は僕も結構好きなんです。実家の祖父がオーディオが趣味で。……あの店のオーナーもオーディオマニアなので、もしかしたら高柳さんとも話が合うかもしれませんね」

彼は、独特の甘いかすれた声で、あの店のオーディオについて話し始める。美少女のように見えた彼が意外に機械に詳しいことに、私は驚いていた。さらに彼が趣味に関しては意外に饒舌《じょうぜつ》であることにも。

……彼の原稿を読んだ日……本能に従って、すぐに動いていてよかった。

私は微笑ましい気持ちで彼を見ながら、つくづく思う。

……こんな純粋な青年が、あの大久保にさらわれていたとしたら……。

大久保の、非人間的なほど整った顔と、やけに冷たい目を思い出す。

……この才能がつぶされていたら、でなければ彼の無垢《むく》な本質が汚されたりしていたら……そう考えるだけで、ぞっとする。

「ただいま戻りました！」

小田が言いながら、部屋に入ってくる。彼の両手にはカフェのロゴが印刷された大きな紙袋が提げられている。

「おまえ、いくつ買ってきたんだ？」

私があきれながら言うと、小田はいたずらっぽく笑って、

「あれ？　おごりだから全員分って言ってませんでしたっけ？」

「いいぞ、小田くん！」

「そうよね、私も聞いたわ。おごりだから全員分、って」

尾方と田代が言い、フロアに笑いが広がる。

「まったく、大城の担当になってから、どんどん生意気になっていないか、おまえ？」

私は言いながら上着の内ポケットから財布を出す。小田が持ってきたレシート分の金を渡そうとして……小銭がないことに気づく。

「釣りはお駄賃だ。とっておけ」

「ありがとうございます！　高柳副編集長って本当に太っ腹ですね」

「うるさい！　さっさと校正上げろ！」

私が言うと、小田は笑いながら二つのカップをローテーブルに置いてデスクに戻っていく。

「あの……カフェ・オ・レ代、出します。っていうか、もしかして僕のせいで……？」

怯《おび》えたように言う柚木に、私は思わず笑ってしまう。

「ジャレ合いですので気にしないでください。もちろんご馳走《ちそう》しますからご遠慮なく」

私が言うと、彼はホッとしたような顔になる。

「入稿間近には鬼気迫りますが、普段はこんなふうにノンビリしています。ともかく本が好きな人間が集まって、自分達が読みたい本を作る……というのがコンセプトかな？」

「それって素敵ですよね」

柚木は私を見つめてにっこり笑う。私は彼の無垢な笑顔に思わず見とれ……それから、彼が不思議そうな顔をしたのに気づいて、慌てて言う。

「どうぞ、冷めないうちに飲んでください」

私が言うと、彼はにっこり笑って、

「ありがとうございます。いただきます」

礼儀正しく言ってホットカップの蓋《ふた》を外し、砂糖を半分だけ入れてかき混ぜる。両手で持ち上げ、フーッと息を吹きかけて……。

「……あっ」

打ち合わせの時と同じく、彼の眼鏡が湯気で真っ白に曇《くも》る。私が思わず笑ってしまうと、彼は赤くなりながら、

「いつもやっちゃうんです」

恥ずかしそうに言って眼鏡を外す。ポケットから出したハンカチで、レンズを拭《ぬぐ》いながら、

「なんだかすごくマヌケですよね」

言って顔を上げ、恥ずかしそうに微笑む。彼は気づいていないが、フロアの面々が、あまりにも意外な彼の素顔に気づいて目を丸くしている。編集長席の脇に立って打ち合わせをしていた藤巻が、やはり気づいて何かを言いたげに近寄ってくる。だが慌てて立ち上がった小田に近づくことを阻止され、そのまま廊下に連れ出されている。

「ええと……コホン」

田代の、聞いてみてくれ、という合図に答えて、私は彼に聞く。

「あの……コンタクトにはしないんですか？　目が弱くて眼科医にとめられているとか？」

彼は首を傾げて、

「さあ、どうでしょう？　眼科に行ったりするのがなんだか面倒で、一度も考えたことがありませんでした」

「コンタクトの方がいいですよ。眼鏡を取るととても綺麗なんだから」

私は思わず言ってしまう。彼は、とても驚いたように大きく目を見開く。

……やばい、唐突だっただろうか？　こういう内気なタイプは、慌ててアプローチすると本気で引かれる場合が多いんだが。

「ああ、いや、すみません。ただ、そう思っただけですから。気になさらないでください」

「……コンタクト……」

彼が、私を見つめながら言う。

「……興味がないわけじゃないんです」

「よかったら、知り合いの眼科医を紹介しますよ。吉祥寺ですからお宅から近いでしょう。恥ずかしかったら私が同行します。視力が落ちてきたから検査に行こうと思っていたし」

「本当ですか？」

彼は嬉しそうに身を乗り出す。それから眼鏡を持ったままだったことに気づいて慌てて眼鏡をかける。

「そういえば……本が出るとなったら、プロフィール写真を載せなくてはいけません」

「……写真……？」

彼は怯えたように身体をこわばらせる。

「僕……自分の見た目が、すごく変なこと、よくわかってるので……」

田代が、もう我慢できない、という顔でいきなり手を上げる。

「はい、私にやらせてください！　女性作家の間で『田代さんにヘアメイクとコーディネイトを任せると美しいプロフィール写真になる』って、女流作家の間で評判なんです！」

いきなり言いだす。呆然とする柚木に近寄ってきて、

「若いし、髪も肌もめちゃくちゃ綺麗。女性から見て、うらやましい限りです。せっかくだから、一度は変身してみたらどうですか？」

柚木が怯えるのではないかと心配になるが、柚木は頬を染めて、

「それって……なんだか少し楽しそうですね」

……やった！　でかしたぞ、さすがうちの編集！

どう切り出そうかと思っていた私は、思わず拳《こぶし》を握る。田代が片目をつぶって見せて、

「せっかくだから、すぐに試してみません？　服は……小田くんと同じくらいのサイズかしら？　コンタクトは間に合わないけれど、写真を撮る間くらいは問題ないでしょう？」

小田がデスクから立ち上がり、

「急な接待のための予備の服が、ロッカーにあります。柚木先生に似合うのもあるかと」

「じゃあ、それを借りて、と。ミーティングルームで着替えましょう、柚木先生。高柳副編集長はここで待っていてください。お楽しみに！」

田代はうかれながら柚木を立たせ、小田と柚木を連れて部屋を出て行ってしまう。柚木が意外にも楽しそうに人と話しながら廊下を遠ざかっていくのを見て、私は少し安心する。

……柚木がこの編集部の雰囲気に馴染《なじ》み、楽しく仕事をしてくれるといいのだが。

田代のセンスはなかなか良く、プロフィール写真の女流作家達をかなりの美人に仕上げている。

……ただでさえ美しい柚木は、磨いたらどれほどの美青年になるのだろうか？

五嶋雅春

携帯電話が振動したのは、彼の終業時間ぴったりだった。仕事をしていた私はマウスから手を離し、携帯電話を取る。フリップを開き、高柳からであることを確認して……なぜかとても幸せな気持ちになる。

「はい、五嶋です」

通話ボタンを押して言うと、受話口から高柳のよく響く声が聞こえてくる。

『今夜は外で食べようと言ってただろう？　メンバーが増えそうなんだがどうだ？』

いきなり言われた言葉に、私は少し落胆する。

……いや、別に二人きりになりたいわけではないのだが。

『昨日も言ったけれど……実は、柚木つかさ先生が会社に来ているんだ。打ち合わせ、兼、柚木先生の紹介かな？　それに関連したことで、ちょっと頼みがあるんだが』

「珍しいな。なんなんだ？」

『ちょっとした記念撮影をしたい。問題ないならカメラを持ってきてくれないか？　解像度はそれほど高くなくてもいいから。……いや、あんたは有名なデザイナーだし、ダメならダメと言ってくれていいんだが……』

彼の言葉に、微かに甘い響きが混ざる。私の心がズキリと熱く疼《うず》き、嫌だと言えなくなる。

「別にいい。本格的な撮影でなければたいした機材も必要ないだろうし」

『ありがとう、恩に着る！　お礼はする！』

私は彼の現金な声に思わず苦笑する。

「どこに行けばいい？　店は決まっているか？」

『ああ。銀座五丁目の「シングル・バレル」にしよう。いいバーボンがある店だから、期待してくれ』

彼は嬉しそうに言う。

『地図をメールで送る。じゃあ、また後で』

彼は言い、会社のそばにある店の名前と住所を言ってあっさりと電話を切る。

……高柳お気に入りの美青年、柚木つかさとついに対面か。

私はため息をつき、複雑な気分で電話を切る。携帯電話をシャツのポケットに入れ、データを外部ハードディスクに保存する。グラフィックソフトを閉じて、コンピューターの電源を切る。椅子《いす》から立ち上がりながら、私は胸がズキリと熱く痛むのを感じる。

……まるで嫉妬をしているかのようじゃないか。どうして私が美青年に嫉妬をしなくてはならないんだろう？

◆

高柳がメールで送ってきた地図を確認しながら、私は銀座を歩いていた。高級クラブの多いこの界隈《かいわい》では、髪を結い上げ、ドレスや着物で着飾った夜の蝶《ちょう》達が数多く歩いている。

以前に行ったことのある文壇バーの雰囲気《ふんいき》をふと思い出し、呼ばれたのがそういう店でなかったことを心の中で感謝する。強い香水とタバコ、そして高級ブランデーの匂《にお》いが入り混じるあの空気には、どうしても馴染めない。

私はあるビルの前に立ち止まり、住所を確認する。味わいのある煉瓦《れんが》の建物は探していたビルらしい。シンプルな看板がいくつか出ていて、その中に『シングル・バレル』の店名もあった。正面に取り付けられたランプ形のウォールライトが、足元を照らす。煉瓦でできた壁、光源がそれだけの薄暗い階段は、まるで醸造所にでも下りていくかのようだ。

曇りガラスでできたドアを押し開けると、入ってすぐのところにウエイターが立っていて、待ち合わせであることを告げると、奥のソファ席に案内してくれる。

「あ、五嶋《ごとう》さん！　こんばんは！」

小田くんが言って立ち上がり、ぺこりと挨拶をする。私に気づいた高柳が、チラリと手を上げる。そして……。

小田の隣に座っていたいた小柄な人物が、慌てたように立ち上がり、深々とお辞儀をする。

「こんばんは、初めまして。柚木つかさと申します」

……顔が見えなかった。彼が、高柳が夢中になっている柚木つかさか。

「デザイナーの五嶋雅春《まさはる》です。初めまして」

私は言い、顔を上げた彼を見て本気で驚いてしまう。

……たしかに、高柳が騒ぐのも無理はない、とんでもない美青年かもしれない。

艶《つや》のある茶色の髪、小さな卵形の顔、滑らかな肌、そして繊細に整った美貌。

ほっそりとした身体を包むのは、シンプルなスタンドカラーの綿シャツ、黒のスラックス。

高柳は、彼の見た目はとても個性的で、というような意味のことを言っていたが、目の前の美青年は、とても垢抜《あかぬ》けてお洒落《しゃれ》に見えた。

……高柳が、変身させたのか？

「あまりに美青年だから、びっくりしただろう？」

高柳が言って、空いている席を示す。

「実は。明日の会議で、柚木先生のデビューの件を議題にかけられることになった。新人賞に応募してきた人間をいきなり横から引き抜くなんて、前代未聞だからな。どうせなら柚木先生の最高の写真を見せて、幹部の度肝を抜きたい」

言って、どこかイタズラっぽい目で私を見上げてくる。

「だから、彼を撮ってくれないか？　ギャラはこの店にある最高のバーボンで」

「……まったく。ちゃっかりしている」

私は笑ってしまいながら言うが、実は彼が私を頼ってくれたことが妙に嬉しかった。

「別にいいが、どの程度まで本格的に撮りたいんだ？　こんな時間では、スタジオはもちろん空いていないが」

「何のためにこの店に来たと思っている？　オーナーの許可はもらったし、すいている今の時間なら撮り放題だ」

高柳の言葉に、私は店内を見回す。たしかに味のある漆喰《しっくい》塗《ぬ》りの壁と、薄暗い照明は、柚木つかさのような正統派の美人にはよく似合うだろう。

「なるほど。たしかになかなかの舞台設定だな」

私は言い、持ってきた一眼レフを鞄から取り出し、電源を入れる。そして素早くカメラを構え、柚木が顔を作ったりする前にシャッターを切る。

「え？　あっ、もう始まっていたんですか？」

彼は撮られたことに気づいて、カアッと頬を染める。私はその顔もカメラに収める。

「もともと私はセットを使わず、ありのままの状態を撮る方が向いているんだ。適当にシャッターを切るから、カメラのことは忘れてくれ。動きも視線もいつものままで」

「そう言っていただけると、すごく気が楽になります」

柚木は肩の力を抜きながら言い、それから椅子に座りなおす。

「五嶋さんの装丁デザイン、いつも拝見しています」

「それはありがとう」

「あの……」

彼はとても真面目な顔になり、どこか眩しそうな顔でレンズ越しに私を見つめる。

「いつか、五嶋さんに自分の本の装丁をしていただくのが夢です。まだまだ遠い夢ですが」

照れたような笑みがあまりに美しくて……私は思わずシャッターを切る。

……ああ、なんて美しい青年なんだろう？

……なぜか、本当に嫉妬してしまいそうだ。

◆

「いやあ、楽しかったな。柚木つかさも、リラックスできたようだし」

高柳が弾んだ声で言いながら、靴を脱いでいる。

「いいプロフィール写真が撮れたのは、あんたのおかげだ。どうもありがとう」

微笑まれて、なぜか胸が熱く痛む。

……若い新人作家に、こんな嫉妬に似た感情を抱《いだ》くなんて……。

私は、自分の不思議な感情の理由が理解できなかった。だが、自分が激しい感情に支配されていることだけをはっきりと悟っていた。

「素晴らしいのは才能と外見だけじゃないんだ」

高柳は人の気も知らず、自慢げに続ける。

「彼はとても素直なだけでなく、とても可愛い……っ」

私は彼の腰を捕まえ、そのまま引き寄せる。顔を下ろし、噛《か》み付くようなキスをする。

「……あ……っ」

驚きに開いてしまった上下の歯列の間に、舌を滑り込ませる。怯えたように縮こまる彼の舌をすくい上げ、愛撫《あいぶ》の意味で舐《な》め上げる。

「……んく……ん……っ！」

感じやすい彼はそれだけで声を甘くし、身体を震えさせてしまう。

「……ん、ん……っ」

貪《むさぼ》るような深いキス。動揺したように硬くなっていた彼の身体が、徐々に熱くなってくるのが解る。

「……ん……あぁ……っ」

飲みきれなかった唾液《だえき》が二人の唇を濡《ぬ》らし、彼の顎《あご》をゆっくりと伝う。私は唇を離し、舌でそれをゆっくりと舐め上げる。

「……く、う……っ」

ブルッと彼の身体が震え、彼の手が私の上着の布地をキュッと摑《つか》む。たまらずに唇を奪うと、彼が感じてしまった証拠に、おずおずと舌を絡めてくる。

「……ん、ん……っ」

舌を深く絡ませ、吸い上げ、上顎を舐め上げる。敏感な彼はさらに細かく身体を震わせ、甘い呻《うめ》きを漏らす。

腰をさらに強く引き寄せると、私の屹立《きつりつ》に、硬いものがゴリッと当たる。

「……んっ！」

彼は唇をふさがれたままで甘く呻き、腰をヒクリと震わせる。

唇を離し、彼の顔を見下ろす。彼は甘いため息をついてからゆっくりと目を開き……私が見ていることに気づいてカアッと頬を染める。

「……なんだよ？　急にどうしたって言うんだ……？」

必死で平静を装って聞いてくるけれど、その声はかすれてしまっている。

「急に発情した。いつでも手伝ってくれるという約束だっただろう？」

「……それはそうだが……」

彼は言い、眉間《みけん》に皺《しわ》を寄せて私から目をそらす。

「……ほぼ連日じゃないか。このスケベ」

ため息交じりの声で囁《ささや》かれ、私は思わず微笑んでしまう。

「スケベはお互い様だろう？」

「違う、私は……」

さりげなく身体を離そうとしている彼の腰をグッと引き寄せ、二人の屹立が同じくらい硬くなっていることを自覚させせる。

「……あ……っ」

「じゃあ、どうしてこんなところがこんなふうになっているんだ？」

グリッと擦《こす》り合わせると、彼は小さく息を呑む。それから強気な態度で睨《にら》み上げてきて、

「ただの条件反射だ。毎晩のように、キスの後でマスターベーションをしていたから……」

「キスだけで勃起《ぼっき》するようになってしまったのか？　いやらしい人だな」

真《ま》っ直《す》ぐに見下ろすと、彼はさらに頬に血の気を上らせて、

「なんとでも言え。勃起しているのはお互い様だろう？」

「たしかに。……私は発情してしまった。してもいいか？」

私が言うと、彼は動揺したように瞬《まばた》きを速くする。

「悪くはないが……」

「それなら、おいで」

私は言って彼の腰から手を離す。その隙《すき》に逃げようとする彼の肩をしっかりと抱き、そのままベッドルームに向かう。

「ちょっと待て。マスターベーションするんじゃなかったのか？」

「そういえば、ベッド以外の場所でばかりしていた。今日は、基本に戻ってベッドの上でしよう」

「ベッドの上？」

彼が微かに身をこわばらせたのがわかる。

「今さら恥ずかしいのか？　毎晩寝ているじゃないか」

「それはそうだが、ベッドではいつも健全に寝るだけだから……」

「それなら、今夜は不健全なことをしよう」

言いながらベッドルームのドアを開き、彼の肩を抱いたまま、暗いままの部屋に入る。部屋を横切ってベッドに向かい……彼の身体をその上に押し倒す。

「な、なんなんだよ……ん……っ」

彼の上にのしかかり、その唇を奪う。深く唇を合わせると、彼は従順に私の舌を受け入れてくれる。

「……ん、んん……」

頬を両手で包み込み、問答無用でその口腔《こうこう》を舌で蹂躙《じゅうりん》する。彼は驚いたように身をこわばらせ、しかしその呻きを徐々に甘くする。

……ああ、たまらない……。

私は、身体の中の欲望が際限なく膨れ上がってくるのを感じながら思う。

……彼といるだけで、どうしてこんなに欲情するのだろう？

手のひらで包み込んだ滑らかな頬、指先をくすぐる柔らかな髪。耳たぶをそっとくすぐるだけで彼の身体に小さな震えが走る。重なった身体の下、彼の脚の間の欲望が、さっきよりもとても硬く勃《た》ち上がっている。

……こんなに麗しく、気高く見えるのに……。

私は彼の滑らかな舌を舌でたっぷりと愛撫しながら思う。

……彼の身体はなんて感じやすくて淫《みだ》らなんだろう……？

「……あぁ……っ」

彼が抵抗できなくなったのを確かめてからそっと唇を離すと、彼は名残惜しげな甘いため息をつく。私は甘く胸が痛むのを感じながら、彼の耳たぶにキスをする。

「あ、電気を……」

彼が身体を震わせながら、必死の声で囁く。

「……電気を点《つ》けてくれ」

「どうして？　ナルシストだな。明るくして、自分の身体を見せつけたいのか？」

「バカ、なんだそれは？」

彼は手を上げ、私の肩を押しのけようとしながら言う。長い指を持つ美しい手が、私の肩を必死で摑んでいるのを感じて……ふと鼓動が速くなる。

……もしも彼が感じて、我を忘れてこんなふうにしてきたら、どうだろう？

想像しただけで、さらに鼓動が速くなる。

……ああ、彼といる時、私は本当にどうかしている。

「明るくして欲しいのは、どうして？」

耳に囁きを吹き込むと、彼はムキになったような声で叫ぶ。

「暗いと、おかしな気分になりそうなんだよ！」

「おかしな気分？」

「そうだ。恋人のいない寂しい男二人が、体育会のノリでお互いの手でマスターベーションをする。それだけなのに……」

彼がふいに言葉を切り、私の肩をさらに強く押してくる。

「たのむ。どいてくれ。本当に、やばくなりそうだ」

彼の言葉の語尾が微かにかすれている。身体を上から押しつけてみると、さっきまでとても硬かった彼の屹立が、さらにせっぱ詰まった状態で震えているのが解る。

「言葉と、身体の状態が一致していないよ」

彼の屹立に、自分の屹立を押しつける。スラックスの布越しにグリッと欲望が擦れ合い、彼は鋭く息を呑《の》む。

「……く……っ」

「暗い中で、私の下にいると、マスターベーションよりももっと淫らなことがしたくなる……ということか？」

「したいわけではなくて！　そんな気分になりそうだ、と言っている！」

「それなら……」

私は彼のネクタイを解《ほど》きながら囁く。

「セックスのように淫らなことをしようか」

高柳慶介

「それなら……」

彼の右手が、私のネクタイをスルリと解く。

「セックスのように淫らなことをしようか」

囁きがあまりにセクシーで、ふいに眩暈を覚える。

「……待ってくれ……あ……っ」

そのままワイシャツのボタンを素早く外されて、私は慌てて彼の手を摑もうとする。

「ただのマスターベーションだろう？　どうして上を脱がせるんだ？」

「その方が気分が出る」

彼は左手で私の両手首を強く摑み、抵抗を封じてしまう。そして右手ですべてのボタンを外し、私の肌を露出させる。

「綺麗な肌をしているんだな。傷一つない」

彼が言いながら、体温を確かめるように右手を私の腹に当てる。

「そうか？　まあ、オフィスワークのインドア派だから、傷をつけるような機会もないし
……あっ」

滑り上がった右手が私の左の胸を包み込み、私は思わず小さく声を上げる。彼の滑らかな手のひらが、私の乳首に当たっている。そこから、なぜか……。

……ああ、どうしたんだ、私は？

彼の体温を感じた左の乳首だけが、ジン、と甘く痛んでいる。左手で自分の両手を拘束され、右手で平らな胸をゆっくりと揉むようにされる。その微かな刺激だけで、乳首がキュッと強く立ち上がってくるのが解る。

……ああ、どうしてそんなところが感じてしまうんだ？

「女性とは違うんだぞ。何もないところを触っても、面白くもなんとも……んっ！」

彼の指先が乳首を、ツン、とつつき、私は思わず声を上げてしまう。

「たしかに胸は膨らんではいないが、乳首は艶があるし、とても綺麗な桜色だ。それに
……」

指先で乳首の先端をくすぐられて、身体がビクリと震えてしまう。

「君が乳首を硬くしたところは、とてもいやらしいな」

人差し指と親指で挟まれ、クリクリと柔らかく刺激されて、下着の下の屹立が反応する。

「……やめ……くう……っ」

キュッ、キュッとリズミカルに揉《も》み込まれて、痛いほどに反り返った屹立の先端から、トロリと熱い何かが溢《あふ》れてしまう。

「屹立が震えている。乳首がとても感じるんだな」

上から屹立を押しつけられ、硬さを確かめるようにゆっくりと揺すられて、なんだか泣いてしまいそうな気持ちになる。

……私は攻だ。乳首をこんなふうに触られたら強く拒絶するか、笑いながら「やめてくれ」というのが本当だろう。なのに……。

鋭い快感が身体を痺《しび》れさせ、どうしても抵抗できない。しかも、逞《たくま》しいこの男に組み敷かれ、拘束されることが、なぜか……気持ちがいいような……。

……ああ、この気持ちはなんなんだろう？

彼の右手がふいに乳首を離れ、私の肌を撫《な》でながら下りていく。そして……。

「……あっ！」

彼の手が私のスラックスのファスナーを開き、そこから滑り込んでくる。下着を分け、直に屹立を握られて、思わず息を呑んでしまう。

「ヌルヌルだ。乳首がよほど感じるんだな」

彼が囁きながら、私の屹立を空気の中に引き出す。ファスナーを開く音がして、熱くたぎる彼の屹立が、私の屹立に押し付けられる。二本同時に扱《しご》き上げられて、目の前が白くなる。

「……アアッ！」

彼の大きな手のひら、そしてしっかりと押し付けられた逞しく熱い屹立。その両方と擦れ合い、私の屹立がきつく反り返る。

「……あっ……ああ……っ！」

先端から、先走りの蜜《みつ》がドクッと溢れる。彼の手のひらがそれを掬《すく》い取り、二人の屹立にたっぷりと塗りこめる。

「……やめ……ああっ……！」

グチュ、グチュ、という淫らな音が響き、たっぷりの蜜が泡立つ。一人分にしては滑りが良すぎる。きっと、私だけでなく彼の屹立も先走りの蜜をたっぷりと溢れさせているに違いない。

……私と屹立を擦り合わせる行為に、彼も感じているのか？

「……く、うう……っ！」

そう思っただけで、背中が反り返る。

「元気だな。活きのいい魚のように跳ねている。……そろそろ限界か？」

彼が囁いてくるが、その声には欲望が滲《にじ》み、呼吸はわずかに乱れている。

「あんたこそ、もう限界なんだろう？」

悔し紛れに言うと、彼はふと苦みばしった笑みを浮かべて言う。

「そうかもしれない。我慢できそうにない。……君の手を」

私は手を上げ、彼の屹立に手を添える。その上から彼の大きな手のひらが包み込んでくる。そして私の手ごと、二人の屹立をきつく握り締め……。

「……あ……っ！」

今まで、彼は手を動かして二人の屹立を愛撫していた。しかし今は手だけでなく、彼の屹立も動いて、攻めるように私の欲望を擦り上げている。のしかかられ、押し付けられた手のひらが燃え上がりそうに熱い。ヌルヌルと擦れ合う屹立の側面が、蕩《とろ》けてしまいそうだ。

……これではまるで、本当にセックスでもしているかのようで……。

「……ダメだ……そんなに激しくされたら……！」

「我慢できないと言っただろう？」

彼が耳元で低く囁き、お仕置きをするかのように私の耳たぶを噛んでくる。私の欲望を締め上げてくる彼の指先。貪るように激しく前後する彼の逞しい屹立。

……ああ、彼のセックスは、こんなにも激しいのか……？

私はいきなり放ちそうになり、彼の肩に爪《つめ》を立てて懇願する。

「……もっとゆっくり……もうイキそうだ……」

「私も限界だ。一緒にイこう」

低い声で囁かれひときわ強く突き上げられて、目の前が激しい快感に白くなる。

「……く、ああ……っ！」

私の先端から激しく蜜が飛ぶ。そして、彼の屹立から放たれた熱い欲望と一つになる。

……ああ……こんなに興奮したのは、生まれて初めてだ。

「耀司《ようじ》がどうして仕事を降りたのかが、気になっているんだ」

私が言うと、隣でグッタリと横たわって目を閉じていた高柳が、薄く目を開ける。

まるでセックスのような激しい愛撫の後。ベタベタの身体を流すためにシャワーを浴び、軽く身体を拭《ふ》いただけで、私達は裸のままでベッドに倒れ込んでいる。二人の身体を覆うのは薄いシーツだけ。パジャマを着なければ、とも思うが、この甘く怠惰な時間を壊したくなくて、私はわざと動かない。そして彼は放ちすぎて動けないようだ。

「ああ……降りたのは、耀司がああいう性格だからだろう？」

「ああいう性格？」

私が言うと、高柳はシーツの下でゆっくりと仰向《あおむ》けになり、だるそうなため息をつく。

「耀司は本当に美しかったが、奔放で、気まぐれだった。昼にねだったものを、夜にはもういらないと言う。ふいに出て行って何日も帰って来ない。その間は携帯の電源を切りっぱなし。けろりとした顔で帰ってきて、どんなに問い詰めても外で何をしていたか言わない」

ベッドに座った私は、ミネラルウォーターを飲みながら、大学時代の耀司を思い出す。

「ああ……そういうところもあったかもしれないな」

思わず笑ってしまいながら言うと、高柳は驚いたように私を見つめて、

「そういうところも？　すべてにおいてそんな感じじゃなかったか？」

「いい加減なだけの人間が、あんなに繊細なデザインができると思うか？」

私はベッドサイドのテーブルに置かれている『ヴェネツィア』に目をやる。シンプルで甘い雰囲気の装丁はいつ見てもとても美しい。

「まあ、たしかに繊細なところはあったかもしれない。少しは、な」

高柳は私の視線を追い、それから手を伸ばしてサイドテーブルの『ヴェネツィア』を手に取る。最小限の筋肉に覆われた、ダンサーのそれのようにしなやかな腕がとても美しい。

「『ヴェネツィア』は本当に美しい本に仕上がった。売り上げもとてもよかった」

高柳はうつ伏せになり、羽根枕を胸の下にあてがって本を広げる。一緒に暮らし始めて解った。これが、彼がベッドの中で一番リラックスしている時の姿勢。そしていつでも文字に囲まれている彼が、ベッドの中でじっくり読む本は、厳選され、とても芸術的なものばかりだ。

彼は長い指でそっとカバーの表面を撫でる。それから少し呆然とした声で言う。

「耀司がデザインをしている姿を、一度も見たことがないんだ」

「一緒に暮らしていて？　たしかに耀司は青山にオフィスを持っていた。だが、家で仕事をすることも多かっただろう？」

「居候をしていた大城の部屋から私のマンションに引っ越してくる時、耀司が一つだけ条件を出した。狭くてもいいので自分の仕事部屋をくれること、そしてドアに鍵《かぎ》をつけること」

「鍵？」

「ああ。だから日当たりのいい私の書斎を明け渡し、ドアを鍵つきのものに変えてやった。仕事が煮詰まると耀司はその部屋に閉じこもり、どんなに呼んでも返事もしなかった。あまりに出てこないので心配してドアノブを回したことがあるが、中から鍵がかかっていた。〆切が終わった後で、ドアノブを不用意に回したことで烈火のごとく怒られたよ。集中が途切れたと言って」

耀司らしいエピソードに、私は小さく笑ってしまう。

「藝大時代から、耀司はそういうイメージのほうが強い。自分を狭い場所に追い詰め、苦しんで自分の骨を削るようにしてやっと作品を作り上げる。……私は、耀司がいい加減な気持ちで降りたのではないと思うよ」

耀司は本から顔を上げ、皮肉な表情を浮かべる。

「それだけ、新しい彼氏に夢中ということか？」

彼の不機嫌な口調に、私の中の意地の悪い気持ちが膨れ上がる。

……彼は耀司を気まぐれだというが、私にとっては彼のほうがずっと気まぐれに思える。耀司に振られたことを悔しがったと思えば、美青年作家に夢中になるし……。

私は思い、それからまた自分が大人気ない考えに陥っていることに気づく。

……別に私は、高柳に特別な感情を持っているわけではない。だから、彼がどんな行動を取ろうが気にすることなどないはずなのに。

「もしも、耀司が仕事を降りた理由が新しい男だったら……妬《や》けるか？」

私が言うと、高柳は目を見開く。少し考えてから、

「や、妬けないわけがないだろう？　耀司はこの間まで私と同棲《どうせい》していたんだぞ？」

言って、憤然とため息をつく。

「それに、耀司も言っていたじゃないか。ハネムーンだから仕事を降りると。今頃はどこかのリゾートでいちゃついているだろう」

「リゾートね。……ふと思ったのだが、小さい子供のいる小学校の教師が、こんな半端な時期に休みを取って旅行に行けるだろうか？」

「……え？」

高柳は驚いた顔で私を見つめる。

「二人で一緒にいるだけでハネムーンのようだ、とかそういう意味かもしれない。そして仕事にはあれだけ厳しい耀司が土壇場で降りたことがとても気になる」

私が言うと、彼はムッとした顔になって、

「何か深い事情があると？　だが、どうせ私は、彼と同棲していたにもかかわらず別の男の存在にすら気がつかなかったボンクラだ。そんな繊細な心の動きなんか読み取れない」

言ってから、少し心配そうな顔になって私を見つめてくる。

「あんたはどう思うんだ？　もしかして身体でも壊していたとか？」

「こんなことを言うと、もしかしたら嫉妬されてしまうかもしれないが……」

私はため息をつきながら言う。

「耀司は、私には平気で愚痴を零《こぼ》す。少しでも体調が悪ければ隠さないだろう」

彼はさらにムッとした顔になる。私は、

「私に言えなかったのだとしたら、問題は仕事に関することだと思う。耀司はプライベートでは我《わ》が儘《まま》ばかり言うが、芸術に関する苦しみだけは口にしない」

「仕事に関すること？」

彼は驚いたように私を見上げて、

「うちとの仕事がやりづらかったということか？　だが、耀司はもともと大城の従兄弟というだけでなくファンでもあるし、担当をしていた小田ともうまくいっているようだった。報酬に関しても、これで満足だと言っていた。たしかに〆切ギリギリまで粘っていたが……装丁は素晴らしかったし、特に問題があるとは思えなかったが」

「そういう意味ではないんだ」

私は手を伸ばし、彼の手から『ヴェネツィア』をそっと取る。

「もともと大城くんの本が好きだった私は、発売当初にこれを買った。そして、装丁デザインのところに耀司の名前があることに少し驚いた。とても美しい本だったけれど、私は別のデザイナーの仕事かと思ったから」

「え？」

彼は驚いた顔で、私の手元の本を見る。

四六判の上製。カバーは少しザラリとした紙質の紙。多分、グラフィー・エコカラーのクリーム。そこにエンボス加工でクラシカルな蔓薔薇《つるばら》の模様が浮かび上がり、金の箔《はく》押しで『ヴェネツィア　大城貴彦』の文字。さらにクラシカルなフォントの『VENEZIA』の文字が筆記体でデザインされている。帯は箔押しと同じ色のメタル紙でできていて艶消しの加工がされている。『大城貴彦　待望の新刊』という文字だけが加工をしない艶ありの状態で浮かび上がっている。これは発売当初のものなのでシンプルな煽《あお》りだが、猶木賞を受賞した後には『祝　猶木賞受賞』の文字が入ったはずだ。カバーを取り去ると、本体は『きぬもみB』という紙のローズ。バラ色の地に、表紙と同じエンボス加工で蔓薔薇の模様。そしてかすれた金色で『VENEZIA』の文字が表紙と裏表紙とを横切るようにデザインされている。表紙を開くと、本文用紙は薄いクリーム色を帯びたザラリとしたイメージ。『Mr.B 2』という紙のオフホワイトの……たぶん、93・5キロあたりだろう。

「とても綺麗《きれい》な本だと思うが？　女性社員にもとても好評だったし」

高柳が当惑したような声で言う。

「それに何より、女性読者にとても売れた。アンケートでの反響も凄《すご》かった。耀司が、女性向けにデザインしてくれたからだと思う」

「たしかに。私もこの本がどれほど売れたかをよく知っているし、猶木賞を取ったのも当然だと思った。だから耀司と会った時にその話をした。自分がデザインした本が猶木賞を取るなんて、そうそうないことだぞ、と」

「耀司はなんて？」

「『賞を取ったのは貴彦の作品が優れていたからで、自分はなんの役にも立っていません』と珍しく暗い顔で言われた。『自分はあの作品世界を表現できたのでしょうか？』と」

高柳は呆然とした顔で私を見つめ、それから本に目を移す。

「たしかに受賞と装丁デザインは関係ないかもしれない。だが、本が売れたのは大城の作品の素晴らしさのほかに耀司のデザインがあったからだ。役に立っていない、というのは間違いだ」

「『作品世界を表現できたのか』に関してはどう思う？」

私が言うと、高柳は難しい顔になって本を見つめる。

「耀司は女性にターゲットを絞ってデザインしたのだろう？　だから別に間違ってはいないのでは？　大城の書くものだから文章は骨太だが、内容は絢爛《けんらん》豪華なラブストーリーだし」

「君個人はどう思う？　君も大城貴彦《たかひこ》の、昔からの読者なんだろう？」

「それは……」

高柳は少し考え……それから、

「この装丁は女性読者に受けた。内容とも合っている。そして何よりも売れた。編集者としての私が言えるのはそこまでだ」

「なるほどね」

私は言い、ずっと感じていたことを口にする。

「耀司は、プレッシャーを感じて苦しんでいたのではないだろうか？」

「プレッシャー？　あの耀司が？　それで悩んだあげくに二作目を降りたと？」

高柳は驚いたように言い、それから首を傾《かし》げる。

「どうだろう？　私にはまったくピンとこない」

「そうか。それなら私の思い過ごしかもしれない。忘れてくれ」

私は言い、本をサイドテーブルに戻す。高柳は釈然としない顔で私を見つめている。

「なんだ？」

「いや……ずいぶんと親しいんだな、と思って。耀司は私には愚痴など零したことがなかった」

「それは、君が好みの男だったからだろう。好みの男には愚痴を零せないんだ、と言っていたのを聞いたことがある」

私が言うと、高柳はとても驚いたような顔をして、

「あんたが耀司の好みじゃない？　まさか」

何かを思い出すように複雑な顔になる。

「前の男である私が言うのもナンだが……耀司はとんでもない面食いだ。あんたみたいな美形、見逃すわけがない。というか、初めてあんたと耀司が並んでいるのを見た時にはあまりにもお似合いでカップルであることをまったく疑わなかった」

私は、初めて会った時の高柳の挑戦的な目を思い出す。

……あまりにも美しい顔をしているので、私は思わず彼に見とれてしまったが……同じ時、彼はそんなことを思っていたのか。

「しかも、あんたはやけにセクシーだし。耀司とあんたは、もう何百回もセックスをしているのかと思った。はっきり言って嫉妬した」

彼が言い、憤然とため息をつく。それからまじまじと私を見つめて、

「ああ、そういえばあんたはストレートなんだったな。だから恋愛対象にならないとか？」

「耀司は大学時代から、私の本質はゲイだと言っていた」

私の言葉に、彼はなぜかとても驚いたように目を見開く。

「あんたが、ゲイ？」

「おかしいか？　それともゲイの男とは怖くて一緒に寝られない？」

「な、何を言ってるんだ？」

彼は妙に動揺しながら私から目をそらす。

「怖いわけがないだろう、子供じゃあるまいし。どちらにしろあんたが受ってことはあり得ない。私も攻だから一緒に寝ようが何をしようが、別に……」

憎らしい言葉を口にしながらも瞬きを速くする彼が、なぜか本当に可愛らしく見える。

「それならもしも私がゲイでも、一緒にいることに問題はないのか？」

「それは別に……構わないが……」

私は手を伸ばし、彼のしなやかな身体を引き寄せる。

裸のままの肌が擦れ、高柳が小さく息を呑む。彼の肌の滑らかさ、そしてその身体の抱き心地の良さに陶然とする。

「私は、耀司とは違う。そして耀司の真似《まね》はできない。私の作風を知っていて依頼したのだから、それは承知のことだと思うが」

耳に囁きを吹き込むと、彼は微かに身体を震わせる。それから、

「あんたの骨太な作風はもちろんよくわかっている。『カナル・グランデ』はいちおう『ヴ

ェネツィア』のスピンオフではあるが、シリーズの二巻というわけではない。主人公も違うし、ストーリーの雰囲気も違う。前作の耀司の装丁デザインとは、まったく関連性を持たせなくていい。あんたの好きなようにやってくれ」

彼は言い、するりと私の腕の中から滑り出る。

「どうでもいいが、さっさとパジャマを着ろよ。風邪を引いてしまう」

彼が少し照れたような声で言い、ベッドから立ち上がる。裸のままで歩き、彼のために空けておいたクローゼットを開く。

女性のものとはまったく違うが、ごつさは微塵《みじん》もない肩、長い腕。

滑らかな背中、細いウエスト。

見とれるような長い脚、高い腰、そして小さくてとても美しい形の尻。

彼の裸の後ろ姿は、まるで一流のダンサーのようだ。ストイックに引き締められ、余分な脂肪も余計な筋肉もない。しなやかに浮き上がる最小限の筋肉の陰がとても美しい。

あれだけ淫らな姿を見せておきながら、私にはまったく警戒心を抱いていないらしい。彼はその場で前屈《まえかが》みになり、低い位置にある引き出しから、下着とパジャマを取り出している。前屈みになると彼の双丘《そうきゅう》の間の深いスリットが強調されているようで……私はドキリとする。

男性同士でも、谷間の奥の蕾《つぼみ》を使ってセックスができる……前に耀司からそう聞いたことがある。ゲイの男の中には、若い頃は受、男らしくなってからは攻に転身する者もいるらしいことも。

……彼は、あの深い谷間に男を受け入れたことがあるのだろうか？

私は呆然と思い、それから身体に熱い欲望が湧《わ》き上ったことに気づいて慌てて目をそらす。

……いけない。もう一度愛撫したくなってしまいそうだ。

「言うのを忘れていたが……近々、ヴェネツィアに行って来ようと思う。すぐに撮れるか解らないが、ロケハンということで。自費で行くから安心してくれ」

私が言うと、下着を着終わった彼が、驚いたように振り返る。そして、

「いや、ロケハンも、本番の撮影も、もちろんすべての費用はうちが出す。その代わりと言ってはなんだが……」

「なんだ？」

「大城を一緒に連れて行って、『ヴェネツィア』や『カナル・グランデ』に続く次回作を書く約束をさせたい。ごつい男三人の旅なんて妙な感じだ。しかも大城のお守をするなんてうんざりだが……」

その言葉に、私は思わず笑ってしまう。

「編集さんは大変だな」

「笑い事ではない。前の担当は私だったのだが、大城は書かないといったら絶対に書かない

んだ」

「書かないと言われているのか？」

「いや……」

高柳はパジャマを羽織りながら複雑な顔でため息をついて、

「大城は小田との新婚生活を満喫したいがために、新作の約束をどの会社ともしていない。まったく、あの男は」

「それなら、小田くんが一緒に行ってねだれば書くんじゃないか？」

私が言うと、高柳はハッとしたように、

「そうか。付き添いは一人でいいだろう、三人で言って来いと上から言われていたのだが……『大城先生はどうしても担当の小田がいないとダメなんです』と交渉してみよう。そう言えばきっと四人分の旅費と宿泊費は出る」

「豪華だな。さすが省林社」

私が言うと、高柳は自信満々の口調で言う。

「あの内容とあんたの装丁で、『カナル・グランデ』はとんでもなく売れる。その続編も、絶対にベストセラーになる。それは確実なことだ」

……ああ、彼は本当に楽しそうに仕事をする人だ。

「僕なんかが来ちゃってよかったんでしょうか？」

小田が嬉しそうに頬を染めながら言う。

「でも、また来られて本当にうれしかったです」

私達はヴェネツィアにあるホテルにいた。いちおう取材とロケハンということで、省林社から取材費が出ることになった。しかしそれほど贅沢《ぜいたく》は言えないので、部屋はスタンダードクラスのツインが三つ。私と小田が一部屋、大城と五嶋が一部屋ずつという形になっている。まあ……夜になったら小田は大城の部屋に引き込まれそうな気がするが。

「前にヴェネツィアに来た時のことを、思い出す？」

大城が聞き、小田が小さく息を呑む。それからフワリと頬を染めてうなずく。

「……忘れるわけがありません」

前作の『ヴェネツィア』の執筆前、この二人はヴェネツィアに取材に来ている。帰ってきた後、スランプだったはずの大城は猛然と原稿を書き、小田はやけに色っぽくなっていて……私は「この二人は身も心も恋人同士になれたのだな」と思った覚えがある。

熱く見つめ合う二人を見て、私はため息をつく。

「ああ……ことあるごとにイチャつくな。ハネムーンじゃないんだぞ。今回の取材は一応表紙写真のロケハンがメインだ。だが、せっかく来たんだから次回作の構想をきっちり練らせろよ」

私が言うと、小田が勢いよくうなずく。

「わかってます。写真に使えそうな場所を探しつつ、次回作の取材もさせていただきます」

「次回作を書くとは、まだ一言も言っていないのだが」

大城があきれた声で言い、小田が慌てて振り返る。

「そんな。『カナル・グランデ』の主人公の二人はこの後どうなるんだろうなって、この間言っていたじゃないですか」

潤んだ目で見つめられ、大城が動揺している。

「『カナル・グランデ』が発売されたら、きっと読者さんからのたくさんのリクエストが届くと思います。でも、まずは……僕が、本当に読みたいんです。熱烈な、一ファンとして」

小田がフワリと頬を染め、大城がどこか照れたような顔になる。

「いや……前作に比べて地味と言えば地味な話だったから、本当にリクエストが来るかどうか……」

「絶対に来ます！　僕が保証します！」

小田が拳を握りしめて言い、それから、

「ヴェネツィア沖にある小さな島に興味があると言ってましたよね？　ヴェネツィアングラスの工房とか。よかったら、行ってみませんか？　何かインスピレーションが湧くかも！　っていうか」

小田はその可愛らしい顔に煌めくような笑みを浮かべて言う。

「僕も、とても興味があるし」

大城は彼の笑みに見とれ、それから私たちの存在にやっと気づいたように振り返る。

「取材に行ってきてもいいですか？　でも、もし俺もロケハンに同行した方がよければ……」

五嶋が手を上げて、大城の言葉を遮る。

「大丈夫、まずは高柳くんと二人でいろいろと回ってみる。デジカメで撮ってくるので夜にでも感想やリクエストを言ってもらえれば、それを反映できると思う」

大城はホッとしたようにうなずいて言う。

「わかりました。それでは、夜にでも見せていただくことにします」

「じゃあ、僕たちはムラーノ島に行きましょう。いい新作ができるといいですね」

小田は言い、私たちを振り返って、

「そしたら、早速行ってきます。僕も何かあったら撮ってきますね」

小型のデジカメを示して見せ、大城と一緒に部屋を出ていく。

「いつも毒舌で仏頂面の大城があんな顔をするところは……やけに面白いな」

私が呟くと、隣にいた五嶋はクスリと笑って、

「いかにも、彼に夢中という感じだね」

「尻に敷かれている、という状態だろうな。だが、さすがうちの編集。少しはやる気にさせたようだ。このまま勢いに乗って新作の原稿を取れるといいのだが」

私の言葉に彼は微笑み、膝に載せていた一眼レフを持ってソファから立ち上がる。

「私達も出かけようか。まずはタイトルにもなっているカナル・グランデかな？」

「ああ。いいロケ場所が見つかるといいな」

私は自分の小型のデジカメを持って立ち上がり、一眼レフのバッテリーを確かめている五嶋に目をやる。そして、彼の表情を見てなぜかドキリとする。いつも穏やかな雰囲気の彼が、今は別人のような厳しい表情をうかべている。

……これが芸術家の顔か……。

彼が前に言っていた、耀司はプレッシャーを感じて苦しんでいたのではないか、という言葉を思い出す。

……顔には出さないが、彼も耀司のように苦しむことがあるのだろうか？

「さて、出かけるか」

彼は顔を上げ、それから私に微笑み掛ける。

「どうした、怖い顔をして？　心配事でも？」

「いい本になるか、できあがるまでいつも心配だ。もちろんあんたの腕を信じてはいるが」

彼は小さく笑い、私の肩をさりげなく引き寄せる。

「信じてくれていい。いい本に仕上げてみせるよ」

耳元に囁かれる言葉に、鼓動が速くなる。

「まあ、日本でそれが売れるかどうかは私にはなんとも言えないが」

「売るのは私達の仕事だ」

私は、頑張らなくては、と思いながら言う。

「あんたは思い切り仕事をし、いい作品を仕上げてくれればいい」

「頼もしいな。君と仕事をするのは楽しいよ」

肩を抱いたまま、彼は部屋を横切って歩きだす。私の鼓動はなぜか速いままだ。

……ああ、私は本当にどうしてしまったのだろう？

五嶋雅春

ヴェネツィアから戻った、次の日。

さすがに疲れていたのか、高柳は遅刻ギリギリの時間まで眠り、私がいれたコーヒーを飲んで飛び出していった。どうやら朝一番の会議で、首尾よく表紙用の写真のロケハンが終わったこと、まだ未定だが大城くんの新作がもらえるかもしれないことを報告するらしい。

私は自分の書斎にいた。そしてコンピューターのモニターに映った画像を見ながら、ため息をつく。

ヴェネツィアでは、表紙に使えそうな美しい風景を数え切れないほど写真に収めることができた。この画像に独自の加工を加え、そこに合った美しいフォントをデザインする。カバーの袖（表紙の内側に折り返された部分）のバランスを決め、カバーや表紙、帯に使う紙を選ぶ。さら本文や内表紙も好きにしていいと言われているので、そちらにも物語にちなんだデザインを施し、そして装丁は一段落する。

私はモニターにいくつかの画面を同時に表示させ、マウスをクリックしながらそれを見比べていく。

街灯が煌めくサンマルコ広場から見た、夜のカナル・グランデ。いくつかのゴンドラを中心にした、月が浮かぶ水路の表面。ゴンドラで沖に出て、そこから撮ったヴェネツィアの夜景。ホテルのベランダに出したテーブルの上に置かれた二つのヴェネツィアングラスと、その向こうに広がる夜の運河。大城くんは『どれもイメージにピッタリだ』と喜んでいたし、小田くんは『表紙を見るのが楽しみですね』と頬を染め、高柳は『凄いな』と驚いてくれた。

……だが、何かが違う……。

私は、画面を見つめながら思う。どれも大城くんの本の内容に合ったイメージだし、写真としての質も高いと思う。

……なぜだろう……？

私はマウスを動かし、別のファイルを開く。小さな写真が表示された一覧を目で追い……ドキリとする。

……高柳の写真がやけに多い。

カバー用の風景写真を撮る合間、私は高柳をさりげなくカメラに収めていた。彼は被写体になるに相応《ふさわ》しい美しさを持っていたし、何よりも屋外で見る彼は無邪気な少年のようで、たまらずに何度もシャッターを切ってしまったのだ。私が風景を撮っていると思っている高柳は、ほとんどの写真で、緊張したように風景に目を向けている。後の参考のためにと思ったのか、自分も小型のデジタルカメラを構えているものもある。

ほとんど彼の全身や上半身を写したもので、彼の身体のしなやかなラインがとても美しい。現役のモデルでも、これほど見栄えのするルックスをしている人間は少ないだろう。

私はマウスをクリックし、一枚の写真を拡大する。そして、鼓動が速くなるのを感じる。

そこにはカナル・グランデをバックにし、こちらを見て笑っている高柳の姿があった。横顔を狙《ねら》ってこっそりシャッターを押したはずなのに、彼がふいに振り返り、撮ったことがばれてしまった時の写真だ。彼が驚いた顔をし、それからふいに眩《まばゆ》い笑顔を浮かべたことを思い出す。「何をふざけている？　私なんか撮っても仕方がないだろう？」と言われ、私はとっさにシャッターを再び押した。あきれたような、しかしとても可笑《おか》しそうな笑みが本当に魅力的だったからだ。

……本当に美しい男だな。

私は画面に写る高柳に見とれる。

……できることなら、彼を被写体にして写真集を出したいくらいだ。

思った瞬間、感じている時の彼の淫らな姿が脳裏をよぎる。

もともと色素が薄いのか、感じた時の彼の肌はふわりと暖かなバラ色に染まる。特に、欲情に染まった指先や唇がとても美しい。そんな彼にカメラを向けたら、メモリーカードが一杯になるまで写真を撮り続けてしまいそうだ。

……いや、いつもストイックな彼のプライベートな姿など、絶対に他人に見せたくない。ほんの少しの愛撫だけで、いつも彼は屹立を硬くしてしまう。それだけでなく乳首を尖らせ、身体を熱く火照《ほて》らせて、まるで私だけを愛する恋人のように従順に快楽に身を投じる。甘い喘《あえ》ぎを漏らし、先端から蜜を垂らし……そして震えながら精を放つ。

……恋人のように、だと？

思った瞬間、私の胸が、何かが突き刺さったかのように痛む。

……私が、彼の恋人になれるわけがないのに。

彼はゲイで、私はストレート。しかも攻のポジションにある彼と、この私が、身体を交わらせることなどできるわけがない。

……解っている。なのにどうしてこんなに発情するのだろう？

私は頭を振って、甘い気持ちと不思議なほどの欲望を頭の中から追い出そうとする。

ブルル、ブルル、ブルル！

デザインデスクの上に置かれた携帯電話が振動する。ディスプレイを見た私は、それが高柳からであることに気づいて、ドキリとする。手を伸ばして携帯を手に取り、フリップを開ける。

「はい。五嶋ですが」

『今日、これから銀座に行こうかと思って。よかったら来ないか？』

挨拶もなしに、高柳の声がいきなり流れ出す。私はよく響く彼の声に聞きほれ、それからやっと何を言われたかに気づく。時計を見るともう夕方。時間を忘れて作業していたらしい。

「ああ……別に構わないが」

『今日も柚木先生は可愛いぞ。それからなぜか小田と大城が、一緒に行こうとしてスタンバイしている。柚木先生にヴェネツィアの土産《みやげ》話をする会、かな？』

彼が楽しげに言い、私は苦笑する。

……二人きりのお誘いでなかったのは少し残念だが、楽しそうだ。

「わかった。どこに行けばいい？」

『この間の、「シングル・バレル」で』

「ああ。これから着替えて出るから……七時には行けると思う」

『わかった。こっちの方が少し早く着きそうだが、適当に始めてる』

言って、彼は電話を切る。高柳の楽しそうな声が耳に蘇《よみがえ》り、ふと胸が痛むのを感じる。

……彼はゲイで、美しい青年が大好きなんだ。彼が羽田《はねだ》を忘れ、新しい恋を見つけたとしたら、それはとてもいいことじゃないか。

なぜか、胸の中に複雑な気持ちが湧き上がる。

……私はいったい何がしたいというんだ？

◆

「五嶋さん」

『シングル・バレル』の階段を降りようとしていた私は、ふいに名前を呼ばれて振り返る。

そこに立っていたのは、二十代半ばくらいの男だった。しなやかな身体をダークスーツに包み、白のワイシャツに派手なオレンジ系のネクタイをしている。滑らかな肌と黒い髪をした……どこか高柳とイメージがかぶるような美形だ。

そして彼の後ろには、もう一人地味なスーツ姿の男が立っていた。歳《とし》は若いがどこかおどおどした感じの青年で、前に立つ男とは対照的だ。

「奇遇ですね。こんなところでお会いするなんて」

高柳にどこか似た雰囲気のスマートな方の男が、にっこりと笑いながら私を見上げてくる。私は彼の顔を見つめながら相手が誰だったかを考えるが……どうしても思い出せない。

「あの、失礼ですが？」

「ああ、すみません。そうか。お忘れでしたか」

彼は残念そうに言い、内ポケットから名刺入れを出し、エンボスと箔押しを使ったやけに派手な名刺を差し出してくる。私は、もらった名刺に目を落とす。

『凌学《りょうがく》出版　第一編集部　編集長　大久保《おおくぼ》崇《たかし》』

……大久保？　覚えがないが……。

私は思い、それから名刺を持ってきていないことに気づく。

「ああ、すみません。プライベートなので名刺を持ってきていなくて」

「いいえ、今度ご連絡をいただければ……川田《かわだ》、おまえもご挨拶しろ」

大久保という男は、後ろに立つ気の弱そうな青年をチラリと振り返る。彼が名刺を出し
「よろしくお願いします」と言って私に差し出す。

『凌学出版　第一編集部　川田忠《ただし》』

私は彼の名刺を受け取り、二人の名前に目を落とす。

「凌学出版さんには、『魔法の石』の日本語版が出る時にお世話になりました。海外事業部の村井《むらい》さんはお元気ですか？　日本に越してから忙しくて、新しい住所もお伝えしていなかった。改めてご連絡しますとお伝えください」

私が言うと、大久保という男は少し驚いた顔をする。それから、

「ええ。担当の村井から、当時の話をいろいろ聞いています。それよりも」

彼は私の顔を見つめて言う。

「省林社の高柳さんから、私の名前をお聞きになったことは？」

彼の口から高柳の名前がいきなり出たことに、私は少し驚く。

……いや、日本に文芸を扱う大手出版社は、数少ない。他社の編集と知り合いでも、きっ

とおかしくない。

「いえ、ありませんが……お知り合いなんですか？」

「ええ、まあ」

大久保は複雑な顔をして、

「実は、以前はかなり親しい友人でした。でもいろいろなことがあって、疎遠になってしまいました。きっと高柳くんは怒っているだろうな。すべては誤解なんですが……」

呟くように言われて、少し気の毒になる。彼はすがるような目で私を見上げて、

「本当にすみません。少しだけ、話を聞いてくれませんか？」

私は迷い、腕時計を見下ろす。慌てて部屋を出たので、時間はまだ六時半だった。

「わかりました。七時から約束があるので、それまででよかったら」

「ありがとうございます。でしたら、近くに行きつけの店がありますのでこちらへ」

◆

「隠れ家的で、なかなかいいシガー・バーでしょう？　お酒がお好きな先生をよくお連れしているところです。今時、文壇バーなんて少々古臭いですよ」

大久保と川田の二人と一緒に入ったのは、バブルの香りが残るような妙にけばけばしい内

装のシガー・バーだった。一応個室になっていてそこに通されたのだが、隠れ家というよりはまるで趣味の悪いカラオケボックスのようでまったく落ち着かない。

……しかも、時間がないと言っているのに、カフェではなくてバーか？

私は時計を見下ろし、もう六時四十分になっていることに気づく。

……まあ、大城も一緒のようだし、先に始めていると言っていたから、少しくらいは大丈夫だろうが……。

「村井から、五嶋さんはシガーを吸うと聞きました。だからこの店を選んだんですよ」

大久保は得意げに言うが……店の空調がしっかりしていないのか、たくさんの葉巻の香りが入り混じって空気が淀《よど》んでいる。シガーを嗜《たしな》む私でも、ここにいるのはつらい。一応ポケットのシガレットケースにシガーは入っているが、大切に管理しているそれをこんなところで出す気にはとてもなれない。

「お飲み物は？」

どこかやさぐれた感じのウエイターに聞かれて、メニューを捲《めく》っていた私はそれを閉じる。

「フォー・ローズィズの黒。この後も用事があるので、できるだけ薄めにしてくれ」

メニューに載っていたのは高い酒ばかりだったが、どれも大衆的で私の好みではなかった。

この間、『シングル・バレル』で高柳が奢《おご》ってくれたヴィンテージのバーボンを思い出す。

……あれは最高だった。早くあの店に行って美味《おい》しいバーボンが飲みたいのだが……。

私は内心ため息をつくが……その高柳のことで相談があると言われたら、さっさと引き上げることもできない。

「フォー・ローズィズ？　五嶋さんは年代モノのバーボンがお好きと聞いています。遠慮しないでもっと高い酒を頼んでください」

メニューを見ながら、大久保が言う。

「いえ、あまり時間もないので……」

「二杯目からは、ヴィンテージにしてくださいね。ここに来た甲斐《かい》がないじゃないですか」

彼が私の言葉を遮って言い、私は鼻白む。

……こういう強引なタイプはデザイン業界にもたまにいるが、私は苦手だ。

大久保は高いが不味《まず》いと評判のバーボン、そして川田はウーロン茶を頼んだ。大久保と私はソファに向かい合っているが、川田はドアに近い離れた席に座っている。まるで部外者か、でなければ見張りのようだ。

……和気藹々《わきあいあい》としていそうな省林社とは、雰囲気が違いそうだ。

「話というのはいったい……？」

飲み物が届くと同時に私は聞く。大久保は笑って私にグラスを渡す。

「まずは乾杯をしましょう。五嶋さんの未来に」

大久保は言い、私の手の中のグラスに勝手にグラスを合わせる。川田という部下は完全に無視されている。

私は内心ため息をつきながら、水割りを飲む。なぜか苦い気がして思わず眉を寄せる。

……水が悪いのか、酒の管理が悪いのか、かなり不味い。どうやったらただの水割りをこんなふうにできるのだろう？

「五嶋さんにも、またうちで仕事をしていただきたいですね。スケジュールが空いたらすぐにでもお願いしたいのですが」

大久保が、さも親しげ言うが……私は凌学出版と直接仕事をしたことは一度もない。

……考えてみれば、どうしてこの男と飲んでいるのかも、とても謎《なぞ》だ。

「機会がありましたら」

私はできるだけさりげなく流し、それから、

「あまり時間がないので、前置きはなしでいきましょう。高柳さんのことで話というのは？」

「ああ……そのことですね」

大久保はため息をついて、私の顔を真っ直ぐに見る。

「高柳さんには、実はとても迷惑をしていて」

彼の口から出た言葉に、私は驚いてしまう。

……友人だったと言っていなかったか？　さっきとは、話が違うようだが……？

「高柳さんがデビューさせようとしている柚木つかさという新人、実は私が先に打ち合わせを済ませ、うちからデビューさせることが決まっていたのです。なのに高柳さんが横から私の悪口を吹き込んで……話をぶち壊しにしてしまった」

「……え……？」

その話に、私は耳を疑う。

……この間の撮影の時に、高柳、そして柚木つかさ本人から、デビューが決まった時のエピソードを聞いた。それとはまったく違うようだが？

高柳が連絡を取った時、柚木は別の出版社からのしつこいアプローチに困っていた。だが、無理に会う約束をさせられる前に、高柳が相手にきっちり話をつけた。柚木は相手の強引さに怯えていたようで「高柳さんは王子様みたいです」と言って頬を赤らめていた。

……高柳はもちろんだが、あの柚木という青年も、嘘《うそ》をつくとは絶対に思えない。

「柚木つかさという作家は、本当に凌学出版からデビューが決まっていたんですか？」

私が言うと、彼は深くうなずく。

「ええ。彼の才能は私が見出しました。先生は内気な方でしたが何度も打ち合わせをしてとても親しくなり、昔からの親友のようになりました。『デビューは大久保さんの出版社から』と何度も言ってくれていたのに」

大久保は、悲しげなため息をつく。

「これは、個人的な興味でお聞きするのですが」

私は、鼓動が不吉に速くなるのを感じながら言う。喉《のど》が急にからからに渇いた気がして、不味い水割りを一気に飲み干す。

「凌学出版と省林社がそんなに力を入れている……柚木つかささんという新人さんは、どんな方なんですか？」

言うと、彼は一瞬何かを考えるように黙る。それから明るい声で、

「柚木先生はとんでもない美青年ですよ。電話では少し内気な印象なのですが、お会いしてみるととても麗しくて都会的です。お洒落にもかなり興味があるみたいで、一緒に銀座のブランド店に服を選びに行く約束もしていたんです」

……印象が、まったく違う。撮影の夜、柚木は「これは小田さんから借りた服です。こんなに素敵な格好をしたのは初めてで」と恥ずかしがっていた。嘘とは絶対に思えないし、内気な柚木がこの男と打ち解け、ましてや銀座のブランド店に服を買いに行く約束などするわけがない。

私は、背中がゾクリとするのを感じながら思う。

……彼は、高柳と一緒にいる柚木つかさを偶然に見かけたのかもしれない。だが、柚木と二人きりで会ったことなど一度もないに違いない。だから普段の柚木がどんなふうなのかを知らないんだ。

……この男は、なぜこんな嘘をつくんだ……？

「なのに、高柳さんは私から柚木つかさを奪いました。どんなにひどい悪口を吹き込まれたのかわかりませんが、私はとても傷つきました。……高柳さんは、いつもそうなんですよ」

大久保は恨みを滲ませた声で、

「高柳さんは作家達にあることないことを吹き込んで、私の仕事がうまくいかないようにしてしまいます。しかも彼は、売れなくなったら平気でその作家を切ります。私が育てた新人を引き抜かれ、その作家がボロボロになるまで原稿を書かせ、書けなくなったら平気で捨てたことまである。あげくに文壇バーで会った時に『凌学出版からデビューした新人は才能も根性もない。無駄金を使ってしまった』と言われたんですよ。ひどいでしょう？」

滔々《とうとう》と続く言葉に、私は思わず部屋の隅にいる川田という男に目をやる。彼はなぜかとても苦しげな顔をしていたが……私と目が合うとふいに目をそらす。

……川田という彼は、きっと大久保が嘘を付いていることを知っている。なのになぜ放置しているんだ？　それほど彼が怖い……とか？

大久保は、川田のことなど眼中にない、という様子で続ける。

「それから……猶木賞を取った大城貴彦先生の『ヴェネツィア』も、本当は私のところで出すはずだったんですよ。ずっとスランプだった大城先生を救ったのは何を隠そうこの私なんです。私は毎晩大城先生に電話をして悩みを聞き、大城先生も『君が相談に乗ってくれたおかげでスランプから脱出することができた』と言ってくださいました。彼がヴェネツィアを舞台にした新作を書きたいというので、資料もたくさんお渡ししたんですよ」

その言葉に、私は眩暈を覚える。創作上の悩みからスランプに陥って苦しんでいた大城くんは、担当になった小田くんの愛と献身によってそこから抜け出し、『ヴェネツィア』を書き上げた。そして美しい最後のシーンは、二人で旅行したヴェネツィアでのハネムーンが下敷きなっている。私はそのことを、高柳からだけでなく、大城くん本人から、直接、しかも惚気《のろけ》交じりでかなり詳細に聞いている。

……それを、この男は……。

「なのに、執筆の直前になって大城先生は『あれは省林社に持って行く』と言い出したんです。どうやら高柳に私の悪口を吹き込まれたようで……私は、またなのか、と絶望しました」

まるでここが舞台の上でもあるかのように、芝居がかった仕草で大久保は手で顔を覆う。

それからふいにテーブルの上に身を乗り出し、まるで催眠術のような囁き声で言う。

「高柳さんは、本の売り上げのことだけを考える守銭奴で、作家を使い捨てにする傲慢《ごうまん》な男です。だが、私はそうではありません。何よりも作家さんの幸せが……」

「大久保さん」

私は、もう我慢できずに彼の言葉を遮る。

「私は今、省林社と仕事をしています。あの編集部がそういう雰囲気ではないこと、そして高柳さんがそんな人間でないことはよく知っている。何があったのか知りませんが、そういう根も葉もないことを言いふらすのは、やめたらどうですか？」

大久保は、驚いた顔で目を見開き、部屋の隅にいた川田が、怯えたように小さく息を呑む。

「ここであなたが話したことは口外しないし、もちろん高柳さんに告げ口などしません」

私は言い、空になっていたグラスをテーブルに置く。

「私はこれで失礼します。凌学出版の本はとても質が高いし、柚木くんという新人の才能を一目で見抜いたあなたはさすがだと思います。これからは、正々堂々と勝負したらどうですか」

私は言ってソファから立ち上がろうとし……。

……え……？

ふいに視界が暗くなり、私は愕然とする。

……まさか、あんな薄い水割り一つで酔うわけがない。

脚から力が抜け、私はよろける。駆け寄ってきた川田が、私の身体を支える。

「おやおや、あんな水割りだけでもう酔ったんですか？」

大久保が言うのが聞こえる。だが、激しい眠気に、もう……。

その時、私を正気づかせようとするかのように、上着のポケットの中で携帯電話が振動した。大久保は私の上着のポケットに手を入れて携帯電話を取り出す。フリップを開いて液晶画面を見て、可笑しそうに笑う。

「『高柳慶介』から電話ですよ。どうも急いで逃げようとすると思ったら、高柳と約束があったとは」

彼は言いながら、携帯の電源を切る。激しく振動していた電話が、動きを止める。彼は笑いながらそれを私のポケットに戻す。

「残念でしょうが、高柳とのデートは許しませんよ。……川田、彼をタクシーに乗せろ」

大久保が、とても不気味な笑みを浮かべて言う。

「ゆっくりできる場所で、彼によく思い知らせなくてはいけない」

立っているのがやっとの私の頬に、大久保の手が触れてくる。

「こんな美しい男にお仕置きができるなんて……ゾクゾクするな」

◆

……なんなんだ、これは？

私は診察台のような硬いベッドの上にいた。両手首が真横に広げられ、両脚を一つにした磔《はりつけ》のような格好で仰向けになっている。体勢を変えようとするが、何かで縛られているか

のように動けない。

……いったい、何があったんだ？

頭は重く痛み、視界が翳《かす》んでいて、ほんの少し動くだけでひどい眩暈と吐き気がする。まるで泥酔しているかのような状態だが……酒に強い私が、あれしきの酒でこんなふうになるとは思えない。水割りがやけに苦かったこと、そして大久保の不気味な笑みを思い出す。

……まさか、何かの薬物でも入れられた？

眩暈をこらえて首を回して見ると、私の両手首には彫刻の施されたチタン色のものがはめられている。一見ごつめのブレスレットのように見えるが、そこから細めの鎖が長く延びている。ということは、人を拘束することを目的にして作られた手錠のようなものだろう。

……クソ、なんのつもりだ……？

両手首を思い切り強く何度も引いてみるが、ギリギリの長さしかない鎖は、ジャラジャラと耳障りな音を立てるばかりでまったく外れる様子はない。ためしに拘束されている両足を思い切り動かそうとしてみるが、鎖できつく縛られているらしい足首に痛みが走るだけで、こちらも緩む様子すらない。

……どこなんだ、ここは？

私は思い、眩《まぶ》しさに目を細めて自分のいる部屋の中を透かし見る。コンクリートの打ちっぱなしの壁には、手枷《てかせ》をつけた鉄の鎖や、黒革の鞭《むち》のようなものがライトアップされている。

スポットライトの一つは私に真っ直ぐに当てられ、まるで舞台の上にいるかのようだ。

私は混乱する頭を必死で動かし、何が起きたのかを思い出そうとする。

……高柳のことで話があると言われて、大久保とバーに入った。薄い水割りを飲みながら、大久保の話を聞いた。しかしそれは延々続く高柳への誹謗《ひぼう》中傷で……怒りを覚え、「高柳がそんな人間でないことはよく知っている」と立ち上がろうとし……そして……？

ふいに視界が暗くなったことと、膝から力が抜けたこと、そして大久保の「こんな美しい男にお仕置きができるなんてゾクゾクするな」というふざけた言葉を思い出す。

「クソ！　いったいなんなんだ、これは？」

両手首を力いっぱい動かすと、鎖が耳障りな音を立てる。

「そうしていると、手負いの野生動物みたいですね」

部屋の中に声が響き、私は動きを止める。

「とてもセクシーで、ゾクゾクします」

声がしたのは、広い部屋の隅、暗がりになった一角からだった。

「……これは、いったいどういうことだ？」

私の唇から、低い声が漏れた。暗がりからクスクス笑いが聞こえ、誰かが椅子から立ち上がる音がする。

「高柳には、いろいろなものを盗られっぱなしです。大城貴彦の『ヴェネツィア』の原稿も、猶木賞の栄光も、さらに私が目をつけた新人作家・柚木つかさまで。彼らが私から離れてしまったのは、どれもこれも高柳の嘘が原因です。本当にひどい男だ」

スポットライトの明るい輪の中に、ほっそりとした男が進み出てくる。さっきと変わらない涼しげなスーツ姿の大久保だった。

「彼には、自分がどんなにひどいことをしたのか、思い知ってもらわなくてはいけません。私は優《やさ》しい人間なので、とても心が痛むのですが」

まるで舞台俳優のように芝居じみた様子でため息をつき、それからふいに顔を上げる。

「ですから、あなただけは絶対に渡さない、そう決めたんですよ、五嶋雅春さん」

彼は整った顔ににっこりと笑みを浮かべる。彼の容姿はたしかに俳優のように端麗だ。しかしその笑みはなぜか寒気がするほど不気味に見える。

「何をバカなことを」

私は思わず眉をひそめてしまいながら言う。

「高柳は君の悪口など言っていない。大城くんも柚木くんも自分の意思で仕事先を選んだだけ。それにスランプだった大城くんに『ヴェネツィア』を書かせたのは、高柳と、大城くんの担当の小田くんだ。『ヴェネツィア』の原稿をもらうはずだったというのは嘘だろう」

「そうじゃないんです。あなたは誤解をしている」

私の方にゆっくりと近づいてきながら、大久保が悲しげな声を出す。

「騙されたんですよ。すべては高柳が仕組んだ罠《わな》です」

「くだらない」

私は言い、ベッドの脇に立った彼の顔を睨み上げる。

「ふざけるのはやめて、さっさとこれを外せ。君のお遊びに付き合っている時間はない」

「私の言うことを信じないのですね？」

大久保は私を見下ろして、悲しげな顔をする。それからハッとしたように息を呑み、

「もしかして……もう高柳に誘惑されてしまった？」

彼の目が怒りにキラリと光り、背中にゾクリと寒気が走る。

「高柳を抱いたんですか？」

「そんな質問に答える義務はない」

彼はため息をつき、手を伸ばして私の頬に触れてくる。

「本当に美しい男。絶対に高柳なんかに渡しませんよ」

彼の手のひらが、私の顔のラインをゆっくりと辿《たど》る。冷たいのにじっとりと湿った手の感触に、私は必死で吐き気をこらえる。

「しかも、あなたを見つけたのは私が先でした。あの時からずっと、あなたを自分のものにする機会を狙っていたんです」

「君が先？　君と会ったのは今日が初めてだと……」

指先で触れ、彼は私の言葉を遮る。私を間近に見下ろして、

「やはり覚えていなかったんですね。あなたと初めてお会いしたのは、あなたがインターナショナル・グラフィック・アワードを取った時。祝賀パーティーの会場ですよ」

「祝賀パーティー？　ああ……たしか、会場はオテル・ド・パリのバンケットルームだったような……」

私は、その夜のことを思い出す。デザイン協会から、授賞式と祝賀パーティーへの出席要請がきた。逆らうのも失礼だし、知り合いのデザイナー達や本の原作者、そして出版社の人々に挨拶をするためにいちおう行ったが……面倒で退屈だった印象しかない。私の受賞を祝うというよりは、出版権を取得するのが目的の世界中の出版業界の人間が来ていて、本の原作者を取り囲んで名刺を渡していた。そのついでだろうが、装丁デザイナーである私まで人々に取り囲まれて延々続く名刺攻撃に遭った。

「私のことを思い出しましたか？」

大久保が身を乗り出して言ってくる。

「あの時は数え切れないほどの出版社の人間が来ていたし、一晩で何百人もの人間と名刺を交換した。申し訳ないが、いちいちすべての人の顔を覚えてなどいない」

「何百人と会おうが、私の顔だけは覚えているはずだ。なぜなら、私はほかの人間とはまったく違う、特別な人間なんですから」

大久保が、芝居じみた身振りで言う。冗談だろう、と笑い飛ばしたいが……彼の目はぎらついていて、とても冗談だとは思えない。

……高柳は、こんな男に長年ライバル視されていたのか？

今さらながら、背筋が寒くなる。

「もしかして、忘れたフリで私の気をひこうとしているんですか？　そんな必要はないのに」

彼はにっこり笑い、

「一目見た瞬間から、あなたは私の男だと思いました。必ずまた会えると思っていました」

彼はうっとりと私を見つめながら、囁いてくる。

「私を抱いてください」

彼の言葉に、激しい嫌悪感が湧き上がる。

「私はゲイではない。男の君を抱くことなど、できるわけがない」

私が言うと、彼は可笑しそうに笑う。

「この麗しいルックス、男を迷わせるこのフェロモン。あなたはどう見てもゲイですよ」

大久保の指が、私の身体の上をゆっくりと滑る。

「私達が再び出会ったのは、運命です。私達は運命で結ばれているんですよ」

彼の笑みに、ゾクリと寒気が走る。

……この男、普通じゃない……。

「催淫剤《さいいん》の効果で、きっとすぐに勃起します」

彼は私の脚の間を見つめ、ゆっくりと舌で唇を舐める。

「そうしたら、セックスをしましょう。私のここに入れてください」

彼は、自分の尻をそっと撫でながら言う。

「きっと……忘れられなくなるほど気持ちのいいセックスができると思いますよ」

……ああ、なんてことだ……。

高柳慶介

「なんで来ないんだ？　しかも携帯の電源が切られている」

私は時計を覗き込み、イライラしながら言う。

「約束の時間から、もう三十分も過ぎているのに」

「落ち着け。彼にだって都合がある。急に呼び出したのはこっちだろう」

大城があきれたように私を見ながら言う。

「もしかして、事故か何かで地下鉄が止まっているとかでしょうか？　地下で電波がつながらないとか」

小田が、心配そうに言う。柚木も心配そうな顔で、

「何事もないといいですね」

ブルル、ブルル！

私の携帯電話がポケットで振動し、私は慌ててフリップを開ける。

……くそ、こんなに遅くなってから電話をしてきやがって……！

相手のナンバーも確認せずに私は通話ボタンを押す。

「五嶋！　遅れるなら遅れると……！」

『高柳くん？』

聞こえてきたのは、編集長の太田氏の声だった。私は慌てて、

「ああ、すみません。五嶋さんからの電話を待っていたところで……」

『もしかして、彼と約束があった？』

編集長の言葉に、私は驚いてしまう。

「そうですが……ああ、五嶋さんから、そちらに何か連絡がありましたか？」

『そうではなくて……』

編集長はとても心配そうな声になって、

『さっき、凌学出版の編集部の川田さんという人から電話が入ったんです。五嶋雅春さんに関することで至急連絡したいことがある、高柳さんに自分の携帯に折り返すように伝えて欲しい、と言われましたが……どうしましょう？』

「凌学出版の川田？……ああ……大久保の部下の編集部員ですね」

私は思わず眉をひそめてしまう。

「五嶋さんに関すること？　あ、もしかして大久保に言われて『カナル・グランデ』の装丁デザインのことで何か因縁をつけようとしているとか……」

『いえ、とにかく尋常ではない慌てぶりでした。だから何か大きな問題が起きたのかと思って』

その言葉に、私の心臓が不吉に高鳴る。

「連絡してみましょう。彼のナンバーを教えてください」

私はポケットからペンと手帳を出し、編集長が言ったナンバーを書き留める。会社のものではなく、個人の携帯電話の番号のようだ。

『大丈夫かな？　何かあったら連絡してくださいね』

「わかりました。ともかく折り返してみます。何かあったらご連絡します」

私は言い、慌てて電話を切る。そしてメモをした番号に電話をかける。相手は待ちかねていたかのようにすぐに電話に出る。

『はい、川田です』

彼の後ろからは、車の走行音。どうやら屋外にいるらしい。

「省林社の高柳です」

私が言うと、彼は声をひそめ、今にも泣き出しそうな情けない声で言う。

『ああ……よかった。連絡が来なかったらどうしようかと……』

「いったい何があったんですか？　五嶋さんに関する用件だと聞きましたが」

彼の切羽詰まった声に、私の中に不吉な予感が広がる。

……まさか、あの大久保が、何か大変なことをやらかしたのでは……。

『俺、さっきまで五嶋さんと大久保編集長と銀座で飲んでいました』

「五嶋は銀座までは来ていたのか？」

『ええ。ですが、あの……』

川田は言葉を切り、震えるため息をつく。

『俺、見てしまったんです。大久保編集長が、五嶋さんのグラスに入れるようにと何かの薬物をウエイターに渡しているところ』

「はあ？　薬物？」

私は、その言葉が信じられずに聞き返す。

『水割りを飲んでいた五嶋さんは、とても眠そうになって立っていられない状態でした』

……なんてことだ……。

『大久保編集長が、五嶋さんをタクシーに乗せるところまで手伝いました。その時、五嶋さんはすでに朦朧《もうろう》としていて……私は心配になって、彼を病院に連れて行った方がいいのではと言ったのですが、大久保さんは無視してタクシーを発車させました』

「それで？　大久保は、五嶋をどこに連れて行ったんだ？」

私は敬語を使うことすら忘れて叫ぶ。心配そうにこちらを見守っていた小田と大城が、とても驚いたように目を見開いている。

『俺はその場に置き去りにされましたから、よくわからないんですが……』

「何でもいい！　心当たりの場所を全部言え！」

私が叫ぶと、彼は、

『多分、大久保編集長の自宅じゃないかと思うんです。あの人はとても楽しそうに「どんなお仕置きをしようかな？」って言っていましたから。あの……大久保編集長の自宅にはＳＭ部屋があるという噂があって……』

「クソ！　あのド変態がっ！」

私は思い切り叫び、それからそれどころではない、と思う。

「大久保の自宅の住所を教えろ！　車で今すぐ向かう！」

『自宅は世田谷ですが……一軒家で、かなり道が入り組んでいるので説明が……』

「おまえ、今、どこにいるんだ？」

『ええと、今は、ソニービルの前ですが……』

「そこで待ってろ！　どうせ通るから拾っていく！」

私は電話を切り、大城と小田を振り返る。

「五嶋がクスリを飲まされて、大久保に拉致《らち》された。今から取り返しに行く。小田は柚木先生をご自宅までお送りしろ。いいな？」

「わかりました！　でも……凌学出版の編集長がそんなことをするなんて……」

小田が混乱した顔になって言い、私はため息をつく。

「大久保は得体の知れないところがある。それがどこなのか具体的には言えないが……たまにぞっとするような目をするんだ」

その言葉に、柚木が深くうなずいている。

「僕は電話だけでしたから、どこがと言えないんですが……ちょっと怖かったです」

柚木が言って、ブルッと身体を震わせる。立ち上がった大城が、ため息をつく。

「早く行こう。なんだかとても嫌な予感がする」

◆

「五嶋は、今夜、大久保と会っていたのか？」

私はタクシーを二台止め、一台に柚木と小田を乗せた。そしてもう一台に大城と一緒に乗り込んだ。そして、ソニービルの前で呆然としている川田を拾った。

編集の川田は、業界では大久保の腰巾着《こしぎんちゃく》と言われていて、どこで見ても大久保の後に従っている。部下というよりは下僕として扱われているというイメージの男。話すのは初めてだが、見るたびにこの男は何を考えているんだろう、と思っていた。

「五嶋と、いつの間に会う約束をした？　どうして大久保が五嶋の連絡先を知っているんだ？　もしかして、『魔法の石』の日本語版の関係で……？」

「いいえ。当時、五嶋さんはイタリアに住んでいました。日本での住所は、わが社には伝わっていません」

「じゃあどうして？」

私は混乱しながら聞く。五嶋雅春は世界的に名の知れたフリーのデザイナー。彼の連絡先は、作家の連絡先並みに厳重に社外秘とされているはずで、持ち出すことは厳罰の対象になる。だから、他社が彼の許可を得ずに連絡先を漏らしたとは思えない。

「この間、銀座の『シングル・バレル』という店にいましたよね？」

「ああ、いたが……」

私は聞き、それからハッとする。

……まさか……？

「私達は接待で銀座にいて……偶然、五嶋さんが出てくるのを見つけました。あなたと、編集の小田さん、それからとても綺麗な青年が一緒でした。小田さんがその青年を『柚木先生』と呼んだのを聞いて大久保編集長は顔色を変えました」

……あの夜に、見られていたなんて……。

「五嶋さんとあなたが一緒のタクシーに乗ったのを見て、大久保編集長は『後を追う』と言いだしました。俺を連れて別のタクシーに乗り込み、そのまま……お二人が乗ったタクシーを尾行したんです」

……なんてことだ……。

「じゃあ、今日、五嶋が銀座に来るのがわかったのは……？」

川田は下を向いて深いため息をつく。

「大久保編集長は、終業時間近くなると俺に車を出させました。このところ毎晩です。麻布にある五嶋さんのマンションに向かうために」

助手席に座っていた大城が、少し青ざめた顔で振り返る。

「毎晩？　マンションの前にいたのか？」

「ええ。きっと拉致する隙ができる、と言って。彼は、五嶋さんだけは高柳さんに渡さない、と何度も言っていました」

大城が私の顔を見て、とても気味が悪そうな顔をする。

「渡さないって……五嶋さんと大久保編集長は、そもそも知り合いですらないですよね？」

「そのはずだが……」

私が言うと、川田は微かに震える声で、

「五嶋さんが『魔法の石』でインターナショナル・グラフィック・アワードを取った時、授賞式の会場で名刺を渡したそうです。自分は特別な人間だから、彼は必ず覚えているはずだって。でも……」

川田は言葉を切り、苦しげなため息をつく。

「五嶋さんはまったく覚えていませんでした」

「授賞式なんて何百人も人が来る。名刺の数だって半端じゃないだろう。すべてを覚えているわけがない」

大城が恐ろしそうな声で言う。それから、

「例えば、雪哉《ゆきや》のような美青年をさらって閉じ込めるのなら、少しはわかる。……いや、もちろん私が命をかけて阻止するが……。だが、どうして五嶋さんを拉致したんだ？　まさか脅して自社の本の装丁デザインをやらせるため、とか？」

川田はうつむき、沈鬱《ちんうつ》なため息をつく。

「大久保編集長がゲイじゃないかというのは、ずっと前から社内で噂になっていました。結局うやむやにされましたが、別の部署の新人が自宅に連れ込まれ、無理やり犯らされたとか」

「犯られたではなく？　犯ら……された？」

「催淫剤のようなものを飲まされ、気がついたらのしかかられて、自分の性器が、その……」

「気がついたら、自分のモノが大久保の中に入っていて、自分の上であの大久保がアンアン腰を振っていたのというのか？　この世の終わりだ！　最っ悪だ！」

私は思い切り叫び、青ざめて車を飛ばしている運転手に向かって必死で言う。

「頼む！　緊急なんだ！　急いでくれ！」

五嶋の逞しい身体に、大久保がのしかかっているところが脳裏をよぎる。感じた時の五嶋はとてもセクシーで、とても美しく……。

……あの五嶋が、催淫剤で無理やり発情させられるなんて……！

私の胸が張り裂けそうに痛む。

……そして、無理やりにセックスをさせられるなんて……！

私を愛撫した時の五嶋の優しい低い美声が、耳に蘇る。

……そんなこと、絶対に許さない……！

五嶋雅春

「あなたに飲ませた薬には、催眠効果のほかに、とても強い催淫作用があるんです」

大久保の手が、私のスラックスの上をゆっくりと滑る。

「……やめろ、汚い手で触るな」

身体がとても熱く、頭が朦朧とする。薄れそうな意識の向こうで、大久保の指がスラックスの前立ての部分をそっとなぞるのが解る。

触れられた部分から、電流のようなものが全身に走る。しかしそれは高柳といる時に感じた甘美な快感ではなく、どろどろとしてとても不快な感覚だ。

「……触るな……」

私は激しい眠気と戦いながら、必死で言う。大久保の手がスラックスの前を撫で、ゆっくりと辿って形を確かめる。

「へえ、あれだけの量を飲まされて、まだ勃っていないなんてすごい精神力だ。でも……」

大久保が、舌なめずりをしながら言う。

「この状態でも、こんなに立派なんだ。勃起した時が、とても楽しみだな」

言いながら、いやらしい手つきでゆっくりと中心を撫で、私を高ぶらせようとする。

……こんな男の手で、絶対に快感を感じてはいけない……。

脳裏に、感じた時の高柳の甘いため息がよぎる。彼といる時間は一秒一秒がとても甘美で、彼との愛撫は全身だけでなく心までが蕩けそうに甘かった。

……私はゲイではないはずだった。だが、いつの間にか高柳を愛してしまっていた……？

眉を寄せ、頭をもたげそうになる欲望の獣と必死で戦いながら、私ははっきりと悟る。

……だから、彼の愛撫にはとても感じ、彼とのキスがあんなに甘かったのか……。

「強情だな。じゃあ、こういうのはどう？」

大久保は言って、いきなり上着を脱ぎ捨てる。媚を浮かべた目で私を見ながらゆっくりとネクタイを解き、ワイシャツのボタンを外す。

「いちおう、身体には自信があるんだ。高柳なんかより、よっぽど綺麗だと思うよ？」

言いながら、ワイシャツとネクタイを床に落とす。太陽を浴びていないひ弱な植物のような生白い肌、男の愛撫を待つかのように淫らに膨らんだその乳首。凛々しい美しさを持った高柳の裸とは比べ物にならない。

「どう？　発情するでしょう？　私のあそこはとてもいいですよ？」

いやらしく囁きながら、大久保の手がスラックスの布地ごと私の性器を扱き上げる。

「私は、高柳を愛している」

私の唇から、低い声が漏れる。

「おまえの身体になど興味はないし、おまえの手でなど、絶対に感じない」

「……クソ……強情な男だ……」

大久保は悔しそうに言い、私から手を離す。そしてスラックスのポケットから小さなビニール袋を取り出す。

「効きが悪いようだから、もう一錠試してみようかな？」

ビニール袋から取り出した毒々しい色のカプセルを指先で開き、中身の細かい粉末を手のひらにあける。

「これを飲めば、さすがのあなたももう我慢できないでしょう。本物の野獣になって、一晩中私と愛を交わすんですよ。……あなたに抱かれるなんて、考えるだけでゾクゾクしますよ」

大久保の手のひらが、私の顔に近づいてくる。空いているほうの彼の手が、私の鼻を強く摘《つま》み、呼吸ができないようにする。私は口を閉じ、必死で鎖を切ろうと暴れるが、鎖は緩みすらしない。酸欠で目の前が暗くなった瞬間、私は本能的に口を開いて息を吸っていた。

「……ぐっ！」

その瞬間、細かな粉末が口の中に入れられた。粉末が気管に入って私は咳《せ》き込み……そしてかなりの量を飲んでしまったことに気づく。

「即効性がありますから、もうすぐあなたは野獣になりますよ」

大久保が楽しそうに言いながらベルトを外し、スラックスと下着を一緒に脱ぎ捨てる。

「素晴らしい一夜になると思います。そして私のものになったあなたは、二度と高柳のもとには戻れない。私とセックスしてしまったなんて、とても言えないでしょうから」

大久保が言いながら、私が寝かされている診察台に上ってくる。私の脚をまたぐようにして、膝の辺りに腰を下ろす。大久保の脚の間では、反り返りそうなほどに勃起した屹立が、涎《よだれ》をたらしながらいやらしく揺れている。

「私も楽しまないとね」

彼は手のひらに残っていた粉を、べろりと舐め上げる。それから私のスラックスのベルトをゆっくりと外す。

「直に触られたら、もう抵抗できないでしょう。いや、舐めてあげたほうがいいかな？　私はとても上手ですよ？」

彼の指が私のスラックスのファスナーを開く。同時に彼が私の脚の間に顔を近づけて……。

「高柳以外の男に触れられるなど、我慢できない！」

私は叫び、渾身《こんしん》の力で右手を振り上げる。

「私は高柳を愛しているんだ！」

ブツッ！

大きな音がして、鎖が千切れ飛ぶ。私は大久保の額を押さえてその動きを阻み……。

バアン！

それと同時に、部屋のドアが大きな音を立てて開いた。

「汚い手で五嶋に触るな！」

凜々しく美しい声が、部屋に響き渡る。

「私は彼を愛している！　彼は私の男だ！」

叫び、駆け込んでくる足音。スポットライトの中に姿を現した高柳が、大久保の襟首を捕まえ、その頬に右ストレートを叩《たた》き込む。大久保はバランスを崩して無様にベッドから転げ落ち、呻きながら床で長く延びた。大城と、そして大久保と一緒にいたあの川田という男が、慌てたように駆け寄ってくる。

「君が二人を呼んでくれたのか？」

私が言うと、川田は深く頭を下げて言う。

「本当に申し訳ありませんでした。俺は出世に目が眩《くら》んで、とんでもないことに手を貸してしまいました」

「目が覚めたなら、もう責めないよ。君のおかげで助かった」

私は言い、身を起して高柳に目をやる。

「泣いているのか？」

彼の白い頬に、煌めく涙が伝っている。

「私のために、泣いてくれたのか？」

「……クソ……！」

高柳は私の首に手を回し、キュッと強く抱きついてくる。

「……なんでこんな意地悪男を愛してしまったんだろう？」

私は右手で彼を抱き締め、そのしなやかな身体の感触を確かめる。彼の髪からはふわりと甘い香りがして……それだけで身体の奥の野獣がもぞりと首をもたげてしまう。

……ああ……彼の香りを嗅《か》ぐだけで、愛しくて愛しくておかしくなりそうで……。

私は思い、それからいきなりある光景が浮かんだことに驚いてしまう。

「大城くん」

私は右手で高柳を抱いたまま、鎖の鍵を外してくれている大城くんに話しかける。

「はい」

「今、頭の中にある情景が浮かんだ。それを写真にして表紙にしたい」

大城くんは驚いた顔をし、それからゆっくりと笑みを浮かべる。

「あなたのことだ。とても美しい光景が浮かんだんでしょうね」

私はうなずき、それからそれを彼に説明し始める。私が思いついたのは、作者の許可がもらえないと撮れないような、少し変わった光景で……。

「この間大城に言っていたような写真を、本当に撮る気なのか？」

私は、別のゴンドラに乗っている五嶋に向かって、思い切り叫ぶ。五嶋はにっこりと笑みを浮かべて、こちらに叫び返してくる。

「もちろんだ！　君も協力してくれるだろう？」

……ああ、なんてことだ……。

大久保の部屋に五嶋が拉致されてから、一週間後。私と五嶋は、再びヴェネツィアにいた。満月のアドリア海は鏡のように凪《な》いで、遠くに見えるヴェネツィアの明かりが美しい。

五嶋は観光用よりも一回り大きな貨物運搬用のゴンドラ、そして私は金色の装飾が施されたスマートで美しいゴンドラに乗っている。どうやら二隻とも五嶋の昔馴染みの大富豪の私物、きちんとお仕着せを着たゴンドリエーレ達はその家の使用人らしい。

『この辺にしよう。マルコ、グイード、二隻の船をできるだけ近づけて停めてくれ』

五嶋が、流暢《りゅうちょう》なイタリア語で言う。

『かしこまりました、シニョール・ゴトウ』

五嶋は撮影のために何度もゴンドラを借りているらしく、高齢のゴンドリエーレ二人とも知り合いらしい。二人は慣れた様子で答えて櫂《かい》を操り、二隻のゴンドラは胴体を接するようにして停止する。コツン、と軽い音だけで揺れないのは、二人のゴンドリエーレの技術が高いのだろう。

『撮影を始める。グイード、こちらの船に』

カメラを取り出しながら、五嶋が言う。グイードと呼ばれた白髪のゴンドリエーレが、船尾に設置された椅子に座ったままの私に向かってにっこりと笑いかける。

『このゴンドラはとても安定性があります。わざと激しく揺らしたりしなければ、立ち上がっても絶対に転覆などしません。ご安心を』

『……大丈夫。別に怖がってなどいない』

椅子に座ったままの私がイタリア語で答えると、グイードは微笑んで、

『それでは、私はしばらくあちらの船に移動してまいります』

言って、身軽に隣の船の舳先《へさき》に飛び移る。ほとんど揺れないところを見るとやはり安定性がいいのだろう。だが岸に着いていない船の上で立ち上がるのは、勇気がいることで……。

「船を離してくれ。私がいいと言うまで」

五嶋が言い、ゴンドラがゆっくりと離れていく。万が一のために二隻は長いロープで繋《つな》が

れているが、それにしても夜の海に一人きりで残されるのは……。

「大丈夫か、高柳？　怖いか？」

五嶋が叫ぶ声が聞こえて、私はハッとして顔を上げる。それから、

「怖いのではなくて……何か別のモチーフにした方がいいんじゃないかな？　ほら……！」

私は、美しいヴェネツィアの夜景を指差す。

「この景色だけで、じゅうぶん美しいじゃないか？」

言うが……五嶋がゆっくりとかぶりを振ったのを見て、ため息をつく。

「……クソ……やるしかないのか……？」

「もちろん、本当に嫌なら無理にとは言わない。だが……」

五嶋が、私を真っ直ぐに見つめてとても真摯《しんし》な声で言う。

「私は、一瞬だけ頭をよぎったあの映像が忘れられない」

彼の漆黒の瞳には、芸術家らしい厳しい光が宿っていた。

「今までに作り上げてきた作品の中で、一番の出来にする自信がある」

彼の美声が、私の心を、アドリア海の水面と同じように穏やかにしてくれる。

「わかったよ。その代わり……」

私は、頬が微かに熱くなるのを感じながら言う。

「直《じか》に見せるのは、おまえにだけだ」

彼はうなずき、椅子から立ち上がる。後ろに控えているゴンドリエーレ二人を振り返る。ポケットから出した何かを渡しながら、イタリア語で言っているのが微かに聞こえてくる。

『申し訳ないが、ここに座り、これを着けていてくれないか？　本が出来上がるまで、どんなものになるかを秘密にしたい』

ゴンドリエーレ二人は、微笑みながら何かを受け取る。どうやらそれは、黒いアイマスクのようだ。

『わかりました。仰《おっしゃ》るとおりに』

『そのほうが、我々もシニョール・ゴトウの次の作品が、ますます楽しみにできます』

彼らはこちらに背を向けた位置にある椅子に座り、アイマスクを着ける。

「……さて。こちらの準備は万端だ」

カメラを持った五嶋が振り返り、私を真っ直ぐに見据える。

「君の、心の準備は？」

「そ、そんなもの、別に必要ない」

私は言い、怖がってなどいないことを見せるために立ち上がる。一瞬微かに船が揺れ、どきりとするが……すぐに船は安定し、思わずホッとため息をつく。

私は五嶋を見据えながら、上着を脱ぎ捨てて船底に落とす。シャツのボタンを外し、それを肩から滑り落とす。五嶋はまだカメラを構えないまま、私を真っ直ぐに見つめ返している。

剝《む》き出しの乳首が涼しい夜風にさらされ、ゆっくりと尖ってくるのが解る。

「せっかく脱いでやってるんだ。撮らないのか、カメラマン？」

恥ずかしさを紛らわせるために、私はベルトを外しながら言う。彼はこのうえなく真面目《まじめ》な顔で私を見据えたまま、

「この目に直に焼き付ける。レンズを通すのは最後だけだ」

……ああ……。

スラックスの前立てのボタンを外し、ファスナーを下ろしながら、私は思う。

……彼の視線を感じるだけで、身体がおかしくなりそうだ……。

ベルトの重みで、スラックスが足元に落ちる。私ははいていたデッキシューズを脱ぎ、スラックスと一緒に船尾のほうに投げる。そして……自分の屹立がしっかりとした硬さを持って下着を押し上げていることに気づく。

……やばい、彼の視線だけで勃起したことが知られてしまう。すぐに後ろを……。

「高柳、まだだ」

五嶋の声が聞こえ、背を向けようとしていた私はギクリとして動きを止める。

「こっちを向いて」

彼の目の奥に、熱い欲望の炎が燃えているのが見える。

……ああ、きっと私だけでなく、彼も発情している……。

心の中に熱い感情が湧き上がり、私は年甲斐もなく泣きそうになる。

……誰かと愛し合い、求め合うのは、こんなにも幸せな感覚なのか……。

私は彼の目を見つめながら、下着に手をかける。ゆっくりと引き下ろすと、硬く反り返った屹立が、プルン、と震えて空気の中に弾《はじ》け出る。

「……っ」

身体に甘い電流が走り、思わず小さく息を呑む。先端だけでなく側面にまで空気を冷たく感じて……私はすでに先走りの蜜をたっぷりと垂らしてしまっていたことに気づく。

私は下着を脱ぐ。そして彼に向かって真っ直ぐに立つ。彼の燃えるような視線が、ゆっくりと私の全身の上を滑っていく。

……ああ、どうしよう……恥ずかしい……。

私の先端のスリットから、はしたない蜜がまた溢れる。私は目を閉じ、速い呼吸を必死で整えようとする。

……彼の視線だけで、イキそうだ……。

「君は……」

五嶋のかすれた声に、私はゆっくりと目を開く。彼はどこかが痛むかのような、つらそうで、そしてとんでもなくセクシーな顔をしていた。

「……本当に美しい男だ」

「……やめてくれ……」

私はかすれた声で懇願する。まるで耳元で囁かれたような気がして、鼓動が速くなる。

「……我慢できなくなる……」

彼はその男らしい口元に笑みを浮かべ、そして甘く命令する。

「わかった。……向こうを向いて、真っ直ぐに立って」

私は向きを変え、彼に背中を向ける。後ろで、シャッター音が響くのが聞こえる。

黒い鏡のようなアドリア海、彼方に見えるヴェネツィアの街。そして私と、私の愛する男を照らす金色の月明かり。

……ああ、私はあの男を、こんなに愛している……。

まるで愛を囁くキスのようなシャッター音が、数え切れないほどに続く。

……そして……こんなにも抱かれたかったんだ……。

五嶋雅春

「……まったく！　何百枚撮れば気が済むんだ？　こっちは素っ裸だったんだぞ！」

「寒かったのか？　あたたかな夜だったから大丈夫かと……」

「そうじゃない！　ほかの船が通りかかったらどうする気だったんだ？」

シャワーから上がった高柳が、バスローブを身体に巻きつけながら文句を言う。

「それに、ゴンドリエーレ達が振り返っていたらどうする気だったんだ！」

「彼らがいなければあんな沖には出られない。それにゴンドリエーレ達には、アイマスクをつけて背中を向けていてもらっただろう？　彼らはもちろんアイマスクを取ったり、振り返ったりはしていなかった。……見られていない。大丈夫だよ」

高柳はまだ不満そうな顔をしながら、私が座っているベッドに近寄ってくる。

「どうした？　まだ不満なことが？」

「もちろんある」

彼は私を睨みつけて、

「催淫剤の影響が消えるまで、あんたはソファに寝ていた。なんとか薬が抜けたらすぐに飛行機に飛び乗り、ヴェネツィアまで来た。そしてすぐに表紙の撮影だ」

彼の目が、猫科の野生動物のように美しく煌めく。

「私を愛しているというのは、冗談か？」

「もしかして……」

私はバスローブごと彼の身体を引き寄せる。

「抱いてくれるのを、ずっと待っていた？」

囁きながらベッドに押し倒すと、彼はそれだけで甘く喘ぐ。

「別に、待っていたわけじゃ……」

「それならどうして……」

私は彼のバスローブの合わせ目に手を入れながら囁く。

「どうしてここを、こんなに勃起させているんだ？」

布地の下、彼の性器は反り返り、蜜を垂らしてしまっている。

「……く……っ」

ヌルヌルの先端に指を滑らせるだけで、彼は小さく息を呑む。

「それに、撮影中から、もうここを勃てていただろう？」

彼はギクリと震え、頬をカアッと赤くしながら私から目をそらす。

「まさか。船は離れていた。見間違いだろう」

「見間違いではない。君はたしかに勃起していたし、先走りまで垂らしていた。私の視線だけで、あんなに感じてしまうのか？」

「そんなわけ……アアッ！」

先端にゆっくりと蜜を塗り込めると、彼の唇から甘い喘ぎが漏れる。

「ああ……よほど待ち焦がれていたらしい。もうトロトロじゃないか」

囁きながら側面をゆるゆると扱き上げると、彼の身体がヒクヒクと震える。

「……ん……っ」

彼は甘く喘ぎ、それから私のスラックスに手を伸ばしてくる。

「あんたのもしてやるよ。出してくれ」

「必要ない。今夜のこれは、マスターベーションではないから」

真っ直ぐに見下ろしながら言うと、彼は大きく目を見開く。

「今夜のこれは、愛し合う者同士が、愛を確かめ合うためのセックスだ。覚悟はいいね？」

囁くと、彼の肌がゆっくりとバラ色に染まってくる。

「……いい。来いよ」

彼は私を真っ直ぐに見つめて囁いてくる。

「……私はあんたを愛してる。覚悟はできてる」

「いい子だ」

私は身を屈め、彼の唇にそっとキスをする。

「……んんっ」

彼は震える手を伸ばし、私の肩にすがりついてくる。屹立をヌルヌルと扱きながらキスを深くすると、彼の身体に細かな震えが走る。

「……ん、く……っ」

バスローブを開き、布と肌の間に左手を滑らせる。小さな丘の片方を手のひらで包み込む。

「……ん、んん……っ！」

右手で前を扱きながら、彼の深いスリットに左手の指を滑り込ませる。

「……ん、くう……っ！」

花びらをくすぐるだけで、彼の蕾が、待ち焦がれていたようにヒクヒクと震える。

「男同士は、ここで繋がるんだろう？」

私は言いながら、彼の柔らかな蕾をそっと解《ほぐ》す。

「……あ……あ……んんっ！」

蕾の入り口にゆっくりと指先を差し込む。彼の蕾は蕩け、私の指を従順に受け入れてくれる。

「入った。だが、とても小さいんだな。……性器を入れたら傷ついてしまうかもしれない」

慎重に指を動かしながら言うと、彼はそっとかぶりを振る。

「……んん……たぶん、大丈夫だ……」

少しつらそうに眉を寄せながらも、彼が健気に囁き返してくる。

「……すごく……感じるてるし……んんっ！」

私の指がある一点を掠《かす》めた時、彼の身体がビクリと跳ね上がった。

「どうした？　痛かったのか？」

「……違う……」

彼が身体を震えさせながら囁いてくる。

「……すごかったんだ……」

「すごかった？　すごく感じるということ？」

私は囁き、指先でさっきのポイントをゆっくりと探る。

「……待て、やめ……っ」

「ここか？　ここが感じる？」

「……あ、やめろ……っ！」

コリコリとしたそこを指先でくすぐり、感触を確かめる。

「……あっ、あっ……！」

彼の内腿《うちもも》に痙攣《けいれん》が走り、反り返った屹立がビクッと跳ね上がって……。

「……ダメだ……ああーっ！」

彼の屹立から、ビュクッと激しく蜜が迸《ほとばし》った。彼は震える声で、

「……バカ！　やめろと言ったじゃないか……！」

はだけられたバスローブ、そして彼の肌が、淫らな白い蜜で彩られる。恥ずかしげに染まる頬が、とても愛おしい。私はわななく彼の唇にキスをし、そのしなやかな両脚を持ち上げる。

「……あ……」

「君が欲しい。我慢できない」

彼の両足首を自分の肩に載せ、そこに強く歯を立てる。

「……あっ！」

「今まで我慢できたのが、奇跡のようだ」

手を伸ばし、震えている彼の屹立から蜜を掬い取る。彼の小さな蕾にたっぷりと塗りつける。

「すべてを奪いたい。いい？」

張り詰めた先端を、彼の蕾に押し当てる。彼は小さく喘ぎ、そっとうなずいてくれる。

「……ああ、すべてを奪ってくれ……あっ！」

その言葉が終わらないうちに、私は彼の蕾にグッと屹立を押し入れた。

「……あ、あ……っ！」

彼はシーツを強く摑み、目を閉じて甘い声を上げる。

「……あんたのソレ……すごい……」

蜜を垂らしながら揺れている彼の屹立を、手のひらに握り込む。それだけで彼の蕾はフワリと蕩けて私を誘い込む。キュッと強く締めつけられ、あまりの快感に思わず息を吞む。

「……君こそすごい。激しく奪い、中に注ぎたい。欲しくて欲しくておかしくなりそうだ」

震える声で囁くと、彼の長い睫毛《まつげ》がゆっくりと瞬く。

「激しく奪って。そして……」

彼の瞳の奥に、欲望の炎が見える。

「私の中に、ありったけのあんたを注いでくれ……あっ！」

彼の囁きが私の最後の理性を吹き飛ばす。私は彼の両腿を抱え上げ、激しく彼を奪う。

「……あっ！　あっ！」

激しい抽挿《ちゅうそう》に、ベッドが嵐の中の船のように揺れる。

月明かりに照らされた彼は、眼が眩みそうに美しく、私はそのまま欲望の海に溺《おぼ》れる。

「……アッ、アッ……もうダメだ……！」

彼がかぶりを振りながら喘ぎ、欲望の涙がキラキラと煌めきながら散る。

「……すごい……おかしくなる……！」

彼の屹立が、限界を示すようにビクビクと震えている。私はそれを手のひらに握り込む。扱き上げながら抽挿を速くすると、彼はその美しい指先で、シーツを強く摑む。

「……ああ、イク……！」

「……いいよ、一緒にイこう……」

クチュクチュという淫らな音が部屋に響く。ヌルヌルになったそれを愛撫しながら彼の奥深い場所までを奪う。彼の身体を反り返らせ……。

「アアアッ！」

彼の屹立から、ビュクッ、ビュクッ！　と激しく蜜が飛ぶ。彼の内壁が震え、甘美な蕾が私の屹立をキュウウッと締め上げてくる。

私は息を呑み……そして何もかも忘れて、激しく彼の蕾を抽挿する。

彼の唇から漏れる、短く切ない喘ぎ。そして震えながら私を包み込む、熱くきつい襞《ひだ》に締め上げられ……目の前が白くなるような激しい快感を感じながら、彼の最奥にたっぷりと欲望の蜜を注ぎ込む。

彼はその熱さにも感じたかのように、反り返る屹立からまた蜜を漏らす。

「ああ……こんなに注いだのに、まだ収まらない」

私は、彼の身体を抱き締めながら囁く。屹立と蕾がグリッと擦れ、彼が息を呑む。

「このまま朝まで抱きたい。いい？」

囁くと、彼は甘く喘ぎ……そして私の肩にそっと手を回してくれる。

「ああ。私も収まりそうにない。……朝までずっと抱いてくれ」

……ああ、私の恋人は、なんて美しく、そして色っぽいんだろう……。

高柳慶介

「ああ……こんなに注いだのに、まだ収まらない」

彼が、私の身体を抱き締めながら囁く。動いた拍子にグリッと深くまで抉《えぐ》られて、あまりの快感に私は息を呑む。私の内壁は逞しい屹立と熱い蜜にたっぷりと満たされ、内側から蕩けてしまいそうだ。

「このまま朝まで抱きたい。いい？」

甘く囁かれて欲望に目が眩む。私は手を上げ、彼の肩にそっと手を回す。

「ああ。私も収まりそうにない。……朝までずっと抱いてくれ」

自分の声とは思えない、甘くかすれた声。彼はその漆黒の瞳で私を真っ直ぐに見つめ……

そして私の唇にそっとキスをする。

「君は美しい。とても愛おしい」

唇が触れたまま囁かれて、身体がジワリと熱くなる。

「このまま、君が壊れるほど抱いてしまいそうだ」

「壊れるほどヤワじゃない。満足するまで抱いていい。……というか……」

私は頬が熱くなるのを感じながら、彼の頭を引き寄せ、そっとキスを返す。

「私がいいというまで、やめないでくれ。……ああーっ！」

彼の手が私の腰の下に入り、いきなり身体がグッと持ち上げられる。内壁がきつく包み込んだ彼の屹立が、私をさらに深い場所まできっちりと満たす。あんなに注いでも少しも萎《な》えないどころか、その熱さはますます増して……。

「……あ、大きい……っ」

私は、満たされる息苦しさと、同時に湧き上がる激しい快感に思わず喘ぐ。

「君の中は、本当にすごいな。我慢できない。……動くよ？」

彼が私の首筋にキスをしながら囁く。

「……ああ。動いてい……アアッ！」

腰を抱き締められ、いきなり激しい突き上げが始まる。

「……ああ……ああ……っ！」

屹立が引き抜かれそうになるたび、二人の結合部から、たっぷりと注がれていた蜜が溢れる。それは泡立ち、その感覚は本当に淫らで……。

「……アア……アアッ……！」

私はきつく目を閉じて湧き上がる射精感に耐え、身体を反り返らせる。

「……んんーっ！」

突き出された形になった私の胸に、彼の唇が触れてくる。突き上げられながら、尖った乳首を舌で淫らに舐め上げられ、チュクッと吸い上げられる。

「……アッ、アッ……！」

彼は左手で私の腰をしっかりと支え、右手で反り返る私の屹立を包み込む。

「……ダメだ……両方されたら……アアッ！」

乳首を吸い上げられながら、ヌルヌルに濡れた屹立の先端を愛撫される。そのまま激しく抽挿されて……足先から目が眩みそうな快感が這《は》い上がってくる。

「……ああ……愛してる……雅春……っ！」

私の唇から、初めて呼ぶ彼の名前が漏れる。

「ああ……愛している、慶介《けいすけ》……」

彼はとても優しい声で囁き、そして私を激しく奪い……。

「……アアッ……！」

私の先端から、ドクドクッ！　と激しく蜜が飛ぶ。

強く締め上げる私の内壁に、彼が熱く激しく蜜を撃ち込んでくれる。

私達は抱き合い、キスを交わし、そしてまた深い欲望の海に沈んでいく。

……ああ、私の恋人は、なんて逞しく、そしてなんて熱いんだろう……。

「うわ、本当に綺麗な表紙ですね！」

「本当に！　しかもこのモデルさんも、ものすごくセクシー」

終業時間が近い編集部。ソファの向かい側に座った小田と柚木が、ローテーブルに積まれた『カナル・グランデ』の見本誌を見ながら言い合っている。

『カナル・グランデ』のカバーは、銀色のメタル紙に写真を印刷し、さらにその上から金属板のヘアライン加工に似た艶消しの処理をしたものだ。

暗い夜のアドリア海。遠くに見えるカナル・グランデとヴェネツィアの街。それをバックにして、金色の縁取りを持つ黒いゴンドラが浮かんでいる。

よく見ると、ゴンドラの上には、何も身に着けない一人の男が向こうを向いて立っている。月明かりに照らされたその身体は、どこか無機質で完璧《かんぺき》なラインを描いていて、まるで端麗な彫刻のように見える。だが、彫刻にはない繊細な筋肉の陰影と強い意志を持つ背中が、それが人形ではなく生身の人間であることを伝えてくる。

滲んだような画面と加工の効果で、それは一枚の絵画のように美しい。

「表紙としても本当に素敵ですけど……このモデルさん、本当に綺麗ですよね」

いつの間にか来ていた営業の藤巻が、二人の後ろから見本誌を覗き込んでいる。

「脚長いし、肌綺麗だし、すっごく小さいお尻。男の俺でも見とれるような綺麗な身体です！　こんなセクシーな人が相手なら、俺、ゲイになってもいいかも！」

藤巻の言葉に、編集部員達が笑っている。藤巻が、小田の隣にいる大城に目をやって、

「大城先生はどういう感想をお持ちですか？　かなり衝撃的な写真なので、抵抗のある人もいるのではないかと思うんですが？」

まるでインタビューのように聞いている。大城は、

「たしかに、男のヌードなど本当ならぞっとしないところです。小田くんのような美青年ならいざしらず」

彼がチラリと小田に目をやり、小田が頬を赤らめている。

「だが、これは本当に芸術的な写真です。すべてを失った主人公と行きずりの男が旅を共にし、カナル・グランデでもう一度本当の自分を取り戻すという主題ともよく合っている」

大城は私と五嶋の顔を見比べ、満足げな笑みを浮かべる。

「私はとても気に入っています。装丁をしてくださった五嶋さん、そして撮影に同行してくれた高柳副編集長に感謝しなくては」

「それはよかった。苦労して撮影し、頑張って装丁デザインをした甲斐があったよ」

五嶋が言って、私に視線を移す。そのセクシーな視線に、思わず頬が熱くなる。

「さすが、大城先生！　芸術的な見地からのご意見ですよね！　俺なんか俗物だから……」

藤巻が見本誌に目を落とし、頬を染めている。

「ついつい、この綺麗過ぎるお尻に目が行ってしまいます。このモデルさんに会ってみたいなあ。すごい美青年なんだろうなあ」

私は鼻白みながら、隣にいる五嶋にそっと囁く。

「……私がモデルになったということは、彼らには絶対に秘密だぞ。いいな？」

五嶋は微笑んで、私に顔を近づける
「いいよ。その代わり……」

私の耳に、低い囁きを吹き込む。

「……今夜は離さない。私だけが見られる、淫らな君を堪能させて欲しい」

私は言い返そうとするが……獰猛な目をして微笑まれて、もう何も言えなくなる。

私の恋人は、ハンサムで、男らしく……そしてこんなふうに本当にセクシーだ。

あとがき

こんにちは、水上ルイです。初めての方に初めまして。水上の別のお話を読んでくださった方にいつもありがとうございます。

今回の『編集者は艶夜に惑わす』は、ハンサムな装丁デザイナー・五嶋と意地悪で女王様な副編集長・高柳のお話です。二〇〇八年三月に発売された『恋愛小説家は夜に誘う』の続編になりますが、独立したお話なのでこの本だけ読んでも大丈夫。安心してお買い求めください！（CM・笑）。

『恋愛小説家〜』の最後で、高柳副編集長は攻？　美青年デザイナー・羽田とできている？　という雰囲気でしたが……違いました（笑）。個人的にはオトナ同士のカップルが書きたくてしょうがなかったので、今回の二人、大変楽しく書かせていただきました。

私はもともと美大を出てデザイン関連の仕事をしていて……なんの弾みか、いきなり出版業界に入ってしまった人間です。宝飾&デザインの業界もかなり特殊なのですが、出版の世界もまた、面白いというか、エキサイティングというか。もちろんこのお話のほとんどは純然たるフィクションなのですが、興味深いこの業界の雰囲気を、チラッと垣間見た気分になって楽しんでいただければ嬉しいです。

それではこのへんで、お世話になった方々に感謝の言葉を。

街子マドカ先生。大変お忙しい中、本当に素敵なイラストをどうもありがとうございました。オトナでセクシーな五嶋、そしてとても色っぽい高柳にうっとりでした。これからもよろしくお願いできれば嬉しいです。

TARO。杏仁が『アニマルプラネット』のワオキツネザルの番組をものすごく真剣に見ているよ。自分と色が似ているから親近感が湧くのか？

担当O本さん、そしてルチル文庫編集部の皆様、大変お手数をおかけいたしました。そして本当にお世話になりました。これからもよろしくお願いできれば幸いです。

そしてこの本を読んでくれたあなたへ。どうもありがとうございました。ご感想などお待ちしております。

水上ルイ、これからも頑張りますので、よろしくお願いいたします。

それでは、またお会いできる日を楽しみにしています。

二〇〇九年　春　　　水上ルイ

編集者は視線で惑わす

「高柳副編集長って、本当に素敵ですよねぇ」

新人小説家・柚木つかさくんが、マシュマロ入りのココアを飲みながらうっとりと呟く。

ここは麻布ヒルズ近くにあるムーンバックス。二十四時間営業、バーとは違ってモバイル・コンピュータで仕事ができる、しかも書店とＣＤショップが併設されていて便利……という理由でこの界隈に住む小説家達の溜まり場になっている店だ。

「僕にとって彼は、王子様みたいな存在なんです」

柚木くんは眼鏡を取ってお洒落な服を着せるととんでもない美青年なのだが、今は普段どおりの黒縁眼鏡とニットキャップ、ダブダブのシャツに色あせたジーンズ。麻布界隈というとお洒落なイメージもあるが、デザイナーが多いせいで個性的な格好をしていても意外に目立たない。柚木くんには居心地がいいようで、大学帰りによく遊びに来るようになった。

「たしかに美形なのは認めるけど、めちゃくちゃ意地悪じゃない？」

紅井悠一くんが、飲んでいたカフェ・マッキャートのカップを勢いよく置きながら言う。

「この間だって、高柳副編集長が〆切のデッドラインだって脅かすから必死で原稿を出したんだけど、担当さんに『紅井先生が早めに原稿を出してくれて助かりました』とか言われて……しかも高柳さんは『デッドラインだなんて言いましたっけ？』とかとぼけて！　また騙された！」

紅井くんが頭を抱えながら言い、草田克一くんと押野充くんが可笑しそうに笑う。

「いつものことだろう？　そのおかげで、無事に次の原稿も上がったんだから」

「しかも高柳さんが動いてくれたおかげで、『名探偵・紅井悠一の事件簿シリーズ』は、テレビドラマだけじゃなくて映画化までしそうなんだよね。感謝したほうがいいよ」

「まあ、そうなんだけど……感謝はしてるけど……でも、やっぱり意地悪だっ！」

紅井くんが、拳を握り締めながら叫ぶ。

「す、すみません。うちの副編集長がいろいろとご迷惑をおかけして」

編集の小田雪哉くんが、申し訳なさそうに言う。彼の恋人である大城貴彦くんが、

「雪哉がしょげることはない。紅井の普段の素行にも問題があるんだ。……そういえば、柚木くんは意地悪なことを言われたりしていない？　君は繊細そうだから心配だ」

大城くんが言った言葉に、柚木くんが慌てた顔をする。

「まさか。高柳副編集長はいつも親切で、優しくて……僕にとってはやっぱり王子様です」

うっとりと言われる言葉に、胸の中が微かに熱を持つ。それに気づいて思わず苦笑する。

……彼のような若者にまで嫉妬するなんて、本当に私はやられている。

「えこひいきだ～。柚木くんが可愛いからって～！」

紅井くんは不満げに言い、それからいきなり私の方に向き直る。

「そうだ、五嶋さん。ずっと聞いてみたかったんだけど……」

目をキラキラさせながら身を乗り出してくる。

「高柳副編集長、前のマンションを引き払って五嶋さんのマンションに引っ越したんですよね？　プライベートでの高柳さんって、どんな感じなんですか？　あなたの前では、どんなふうにしてるんですか？」

「私の前での彼は……」

私の脳裏に、二人きりの時の彼の姿が浮かぶ。誘うだけで、恥じらうように染まる瞼。軽いキスをするだけで、次のもっと深いキスをねだる唇。感じやすく、欲望を隠し切れないその身体。そして抱いた時の、甘い甘い喘ぎ。昨夜も、悶える彼があまりにも可愛くて焦らしすぎた。指と唇で濃厚な愛撫だけを施し、彼の蕾に屹立の先端を押し当て……しかしギリギリのところで挿入はせずに彼の反応を延々と楽しんでしまった。彼は最後には「今すぐ挿れろ！　でないとあんたとは二度とセックスしない！」と本気で怒ったように怒鳴った。彼の目に涙が滲んでいて……私は我を忘れてそのまま夜明け近くまで抱いてしまった。

二人で風呂に入り、ベタベタになった身体を洗い流しながら、彼は「朝イチから会議なのに」とぼやいた。しかしその頬はとても幸せそうに染まっていて……私はついつい我慢できなくなり、風呂の中で仕上げの一回をしてしまった。

「少しだけ意地っ張りだが、彼はとても可愛いよ」

「可愛い？　高柳副編集長が、ですか？」

紅井くんが愕然とした顔で言う。私はうなずいて、

「ああ。とても可愛い。そして……とても色っぽい」

「……グフッ」

エスプレッソを飲んでいた大城くんが、喉を詰らせ、咳き込み始める。

「高柳副編集長が色っぽいって……どのへんがだろう？」

紅井くんが、何かを想像するように中空を見つめながら、

「あ、でも高柳副編集長って顔が整ってるだけじゃなくて肌とかやたらスベスベだよね？

背が高いわりにごつくなくて、スタイルもめちゃくちゃいいし」

「そういえば、スタイルいいよな。上着を脱ぐとウエストがめちゃくちゃ細いんだよ」

草田くんが言い、押野くんがうなずいて、

「たしかに、脚とかモデル並みに長いですよね」

「それに、高柳副編集長、お尻がとても格好いいんです。小さくて、キュッと上がってて。

触ったら気持ちよさそう」

頬を染めてうっとりと言う柚木くんの言葉に、私は少しギョッとする。とても純情そうな彼はたまに強烈な発言をすることがあり、私はなぜかいちいち反応してしまう。それだけ柚木くんが真剣に高柳に憧れているのが伝わってくるからだ。

「そういえば……」

小田くんがなぜか頬を染めながら言う。

「先週、ギリギリの入稿が続いて、三日間会社に泊まり込んだんです。そんな時のために社員用の簡易シャワーはあるんですが、狭くて……だから、入稿が終わって打ち上げの前に編集部員達で夜に銭湯に行ったんです。会社の近くになかなかレトロな銭湯があるので」

小田くんの言葉に、私はドキリとする。

……そういえば、先週、高柳は会社に泊まり込んでいた。打ち上げを終えてご機嫌で戻ってきたが……そんなことをしていたのか……。

「ま、まさか、高柳副編集長の裸を見たとかっ？」

紅井くんが身を乗り出して言い、小田くんがさらに頬を染めながらうなずいて、

「湯気がすごかったし、上司の裸をマジマジと眺めることなんかできませんから、チラッと見ただけなんですが、やっぱりものすごくスタイルがよくて、あと……乳首が……」

「乳首が、何っ？」

「なんですか？　教えてください！」

紅井くんと柚木くんがさらに身を乗り出す。小田くんが両手で頬を押さえながら、

「……乳首が小さくて、すごく綺麗な淡い色で……」

「……ふわあ！」

「……ひゃあ！」

柚木くんと紅井くんが、揃って両手で頬を押さえながらおかしな声を上げる。思わず目をやると、草田くんと押野くん、そして大城くんは愕然とした顔で動きを止めていて……それからいっせいにカアッと赤くなる。

「頼む。お願いだから、これ以上は、やめてくれ」

草田くんが両手を、降参、という格好に上げながら言う。

「小説家の職業病か、やけにリアルに想像できてしまうんだ」

「たしかに、頭の中に鮮やかに映像が浮かぶ」

押野くんが情けない顔で言う。

「そして、なぜだかやたらとドキドキする」

「雪哉。銭湯で見た男の裸のことなど、もう忘れなさい」

大城くんが、ひどい頭痛がするかのように指先を眉間に当てながら言う。

「なんだか嫉妬してしまいそうだし、これからまともに彼の顔が見られなくなりそうだ」

紅井くんが、真っ赤になりながら、

「僕も、高柳副編集長の顔をまともに見られなくなりそう」

「どうして私の顔をまともに見られないんですか？」

頭の上から響いた声に、私達は揃って動きを止める。見上げると、そこには噂をすれば影……高柳が立っていた。

「まさかまた、〆切を引き伸ばそうとしているわけじゃないですよね？」

高柳は言いながら、エスプレッソのカップをテーブルに置く。私の隣の椅子の背に上着をバサリとかけると、どっかりと腰を下ろす。

柚木くんと紅井くんが、チラチラと高柳に目をやる。彼らの視線は高柳のワイシャツの胸の辺りに集中している。彼はワイシャツの下に白のTシャツを着るので透けることはないのだが……二人がさっきの小田くんの言葉を思い出しているのは想像に難くない。

「……ああ……」

「……ヤバイな……」

草田くんと押野くんが、呟きながら高柳から目をそらしている。

「すみません。僕が変なことを暴露したせいで」

小田くんが申し訳なさそうな顔をする。高柳は不審そうな顔になり、

「妙な雰囲気だな。いったいなんなんだ？」

「いえ、こっちの話です。さて、雪哉、部屋に戻ろうか。次回作のプロットの相談が」

大城くんが空のカップを持って立ち上がりながら言う。彼までが高柳から目をそらし、動揺したように瞬きを速くしているのがとても意外だ。小田くんが、助かった、という顔で自分のカップを持って慌てて立ち上がる。

「そうですね！　すぐに打ち合わせをしないと！」

「そういえば俺も仕事を進めなくては」

「あ、私もです」

草田くんと押野くんが立ち上がり、高柳はますます不審そうな顔になる。

「二人とも、〆切は来月じゃないですか？」

「そうですよね、早め早めの行動が大事ですよね。僕も仕事に戻ろうっと」

紅井までが立ち上がり、高柳が愕然とした顔になる。

「小田、いったい何を暴露したんだ、ちゃんと説明しろ」

「いえ、その……」

「すぐに皆元に戻ると思いますから、今日は勘弁してください。……それでは」

大城くんが言い、小田くんの肩を抱いて店を出て行く。草田くんと押田くんがそそくさと続き、うっとりと高柳を見つめている柚木くんを、紅井くんが無理やりに引っ張って逃げて行く。高柳は呆然とそれを見送り、それから最後に残った私を振り返る。

「何を噂していたんだ？　正直に言ってみろ」

「小田くんが、銭湯で見た君の裸が色っぽかった、と言っていたんだ。彼らは君の裸をつい想像してしまい……恥ずかしくなって逃げていったんだよ」

「はあ？　この私の裸のどこが色っぽいんだ？」

「本当に自覚がないんだな。自分がどんなに色っぽいか」

私は椅子をずらして、彼のすぐ脇に移動する。それから彼の耳に口を近づけて、

「平気でほかの男と銭湯になんか行って、裸をさらす。……帰って、朝までお仕置きだ」

囁くと、彼は驚いた顔をし……それから恥ずかしそうな顔で目をそらす。

「もしも私が色っぽく見えたのだとしたら……それは全部あんたのせいだろう」

彼の目元が、桜色に染まっている。

「朝まで容赦なく抱きやがって。おかげで会議で居眠りしそうになったぞ」

「それは悪かった。君の身体がつらいなら、しばらく我慢した方がいいか？」

私が心配になって言うと、彼は凄絶なほど色っぽい流し目で私を睨む。

「バカ。我慢されたらますますつらくなる。責任とって満足させろ」

その視線だけで、私の心と身体が熱を持つ。私は彼の耳に、熱い囁きを吹き込む。

「わかった。責任を取って、今夜も朝まで抱いてやる」

彼はそれだけで甘いため息を漏らし……そして身体を震わせる。

私の恋人は、美しく、我が儘で、そしてこんなふうに本当にセクシーだ。

✦初出　編集者は艶夜に惑わす……………書き下ろし

水上ルイ先生、街子マドカ先生へのお便り、本作品に関するご意見、ご感想などは
〒151-0051 東京都渋谷区千駄ヶ谷 4-9-7
幻冬舎コミックス　ルチル文庫「編集者は艶夜に惑わす」係まで。

幻冬舎ルチル文庫

編集者は艶夜に惑わす

2009年3月20日　　第1刷発行

✦著者　水上ルイ　みなかみ るい

✦発行人　伊藤嘉彦

✦発行元　株式会社 幻冬舎コミックス
〒151-0051 東京都渋谷区千駄ヶ谷 4-9-7
電話 03(5411)6432[編集]

✦発売元　株式会社 幻冬舎
〒151-0051 東京都渋谷区千駄ヶ谷 4-9-7
電話 03(5411)6222[営業]
振替 00120-8-767643

✦印刷・製本所　中央精版印刷株式会社

✦検印廃止

ISBN978-4-344-81609-1　C0193　Printed in Japan